XII
SPELL
BOOK
Moth
Wings
I0836305

The alchemy in this book belongs to:

____

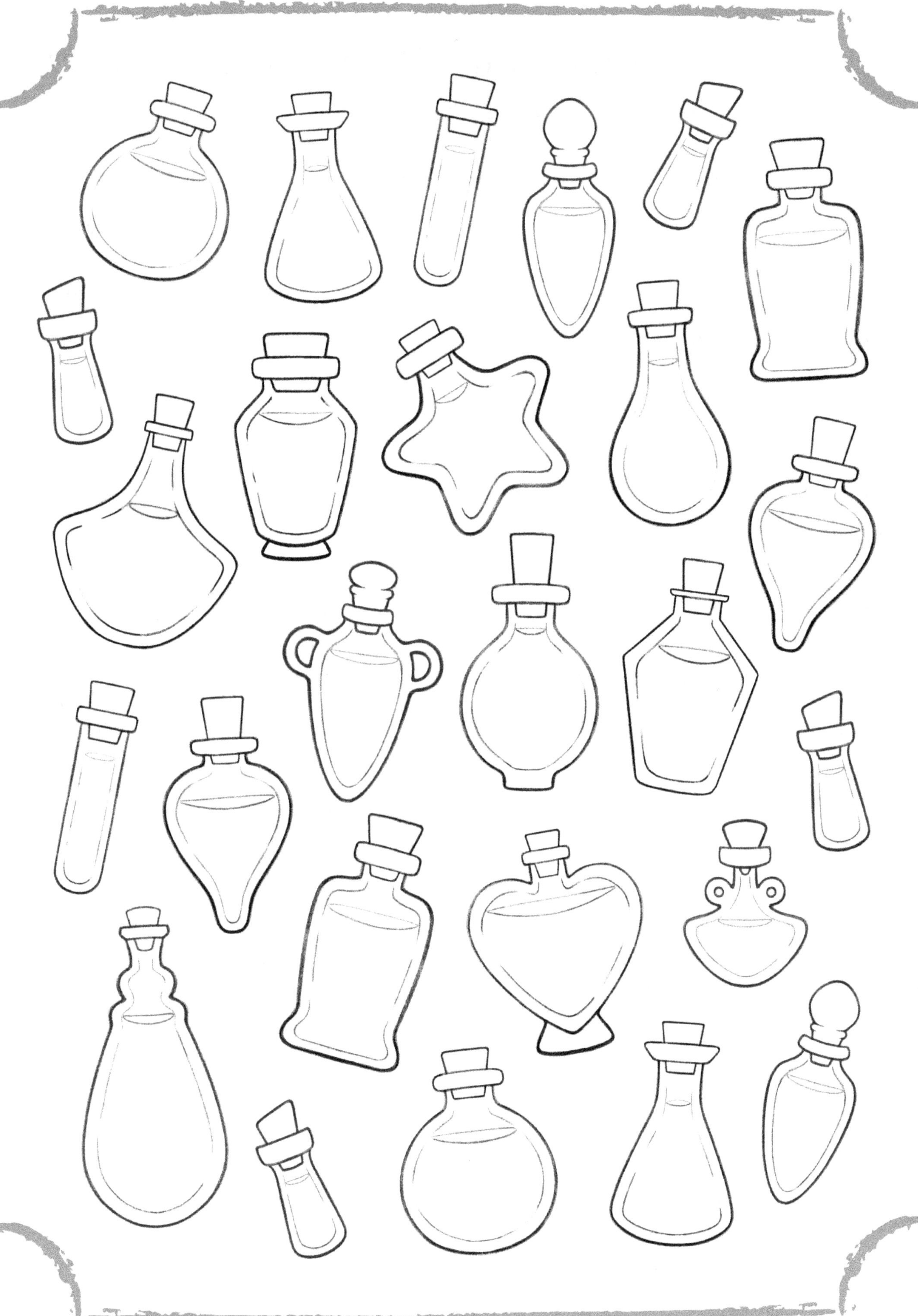

Potion Naming Helper Words

Pick a word in each section (left to right) or be inspired to invent your own.

Acorn	Astral	Glimmering	Red	Antidote
Ant	Aura	Glow	Resilience	Blood
Bat	Bonding	Harmonic	Resplendent	Brew
Cat	Breath	Hot	Ripple	Breath
Dragon	Burning	Illusion	Serenity	Concoction
Elf	Cascade	Infinite	Spectral	Draft
Elvin	Celestial	Iridescent	Sleepy	Draught
Fae	Cooling	Luminous	Sorcery	Elixir
Fairy	Crystal	Lotus	Sparkle	Fizz
Flower	Deadly	Magical	Spirit	Fusion
Fox	Dream	Magma	Starlight	Grog
Frog	Earthy	Miniature	Stardust	Honey
Gargoyle	Echoes	Mirth	Sunny	Infusion
Ghost	Ephemeral	Moonlight	Synchronicity	Mixture
Monster	Elemental	Mystical	Symphony	Nectar
Mushroom	Ember	Nebula	Thunderstorm	Potion
Newt	Enchanted	Nimble	Timewarp	Remedy
Pumpkin	Endless	Omen	Timeless	Sap
Rabbit	Enigma	Ominous	Truthful	Serum
Spirit	Enigmatic	Opal	Vibrant	Solution
Troll	Equinox	Perpetual	Virility	Syrup
Toad	Etheral	Phoenix	Wet	Tincture
Unicorn	Euphoria	Polychromatic	Weary	Tonic
Vampire	Everlasting	Prismatic	Whimsical	Vial
Witch	Fang	Quasar	White	Water
Wolf	Feather	Querky	Yellow	
Worm	Feyfire	Quicksilver	Youthful	
	Feywild	Radiance	Zany	
	Flame	Radiant	Zesty	

Color Experiment

Test your colors and label them to look back at later.

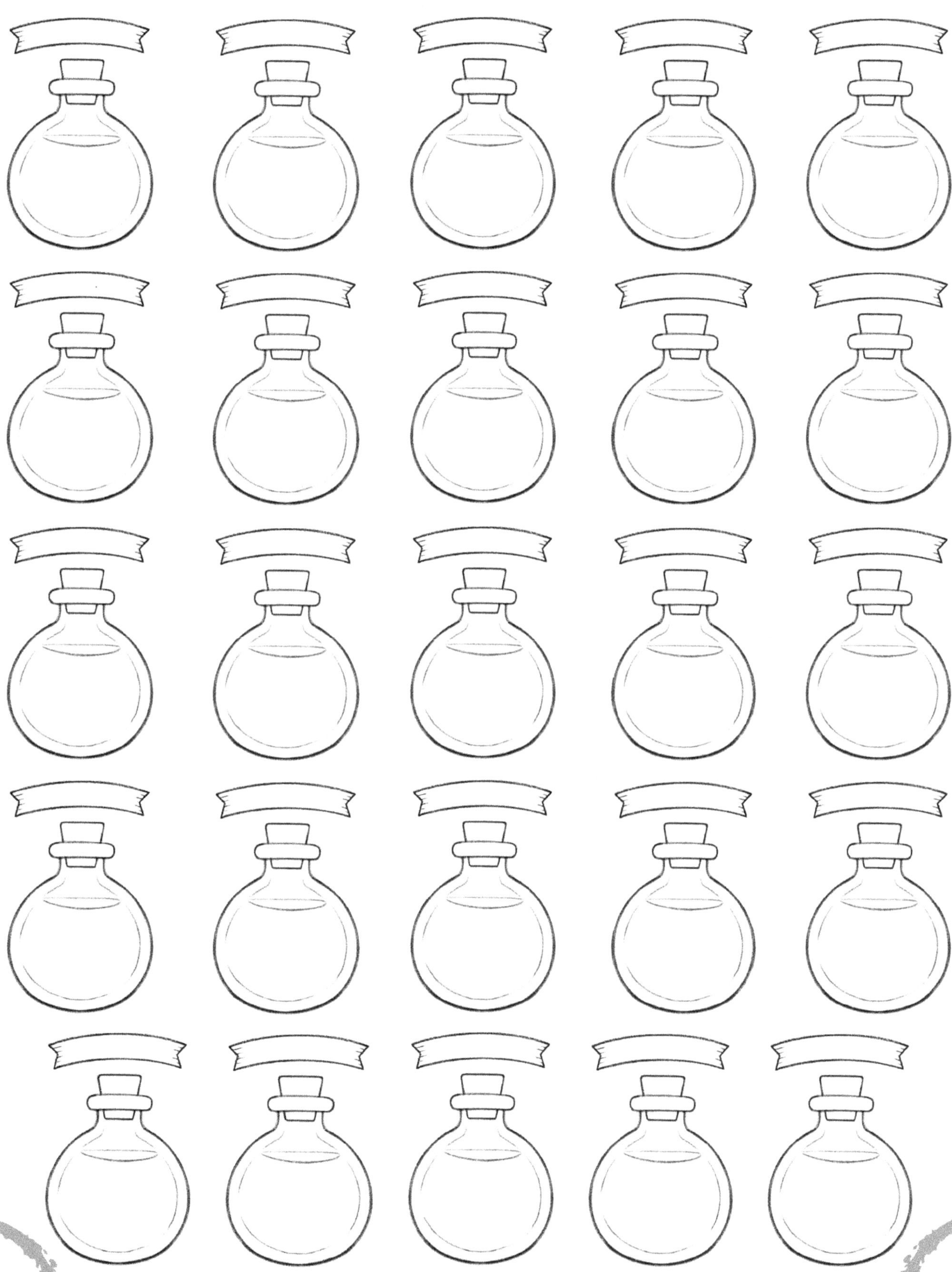

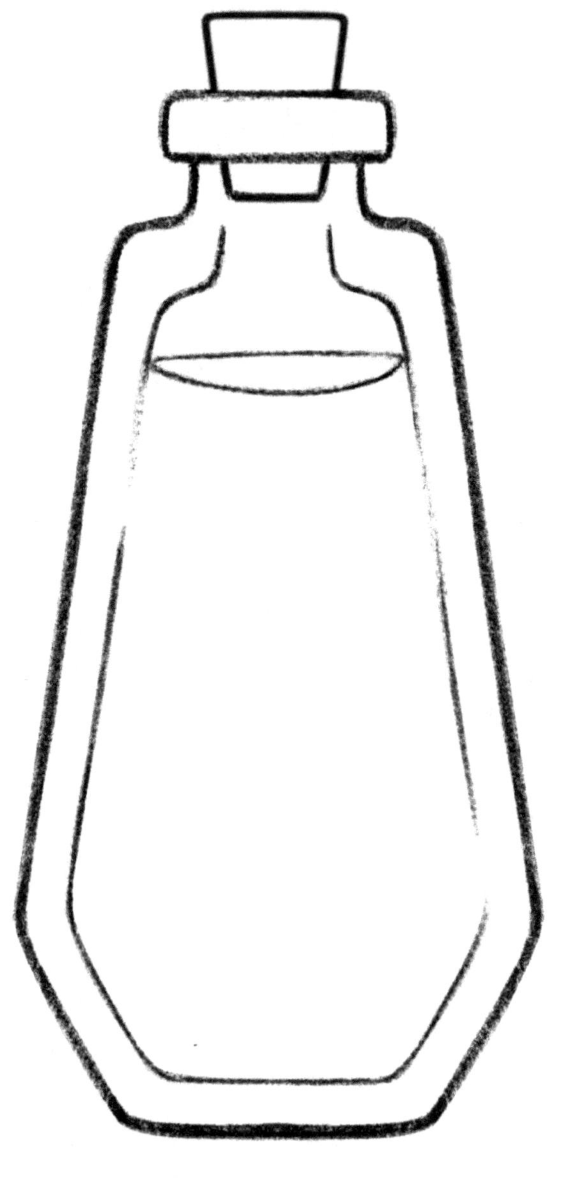

Strength: ________ Dose: ________ Time: ________

Ingredients: ________________________________

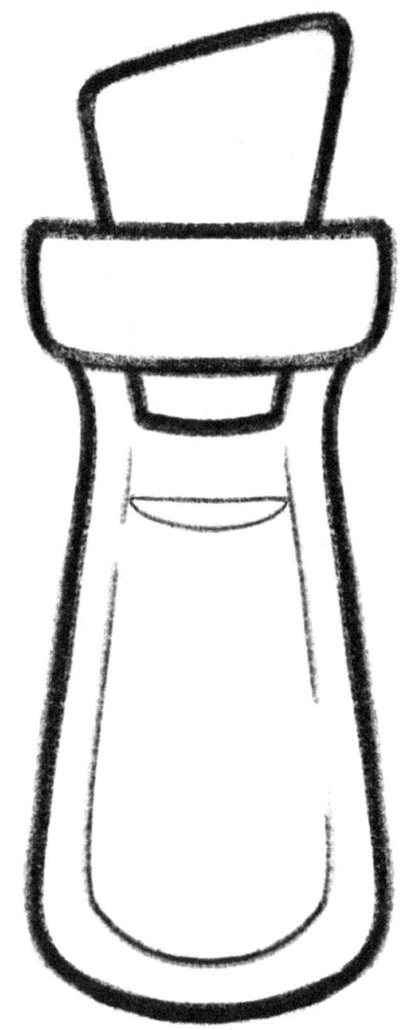

Strength: ________ Dose: ________ Time: ________

Ingredients: ________

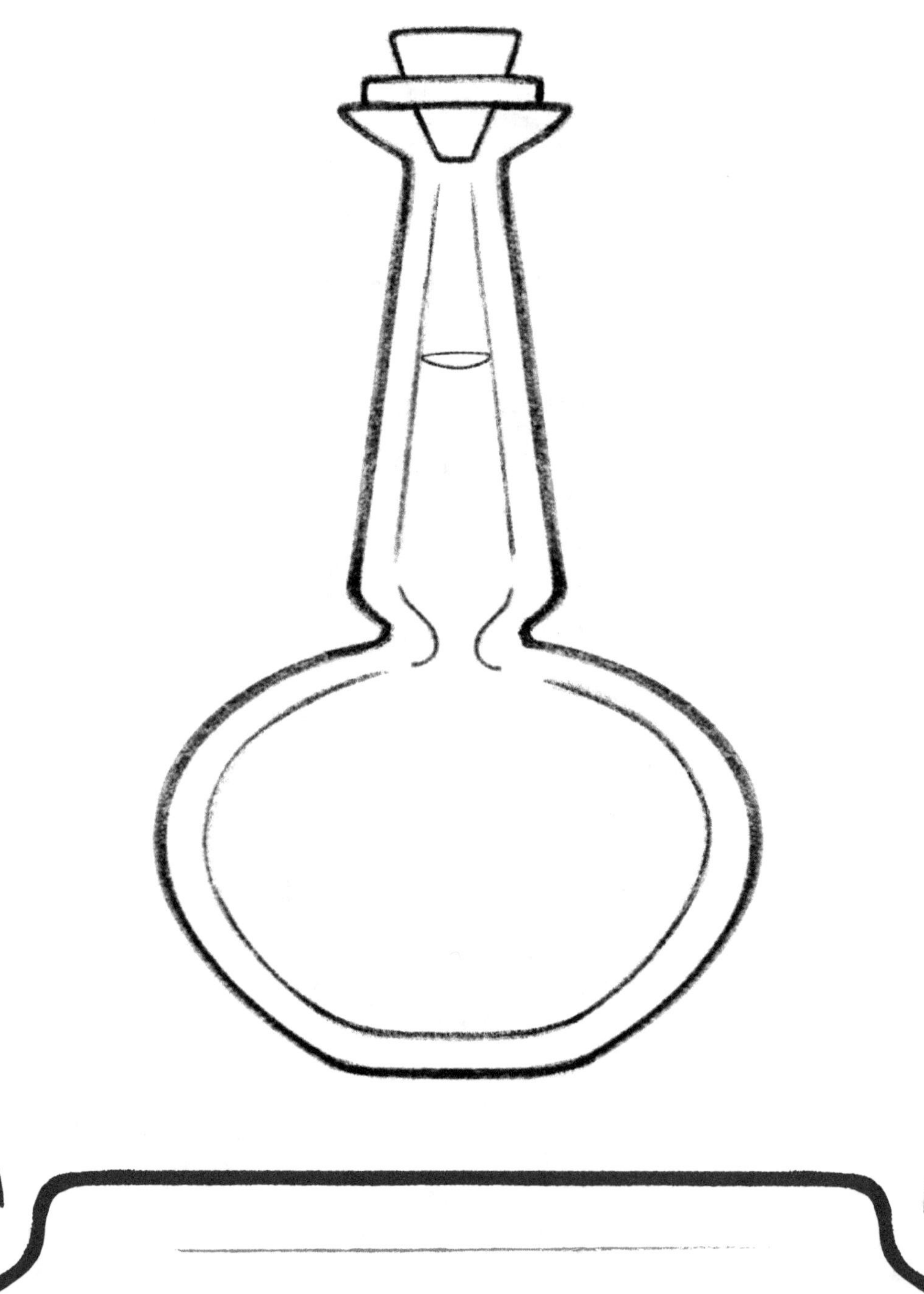

Strength: ____________ Dose: ____________ Time: ____________

Ingredients: ______________________________

____

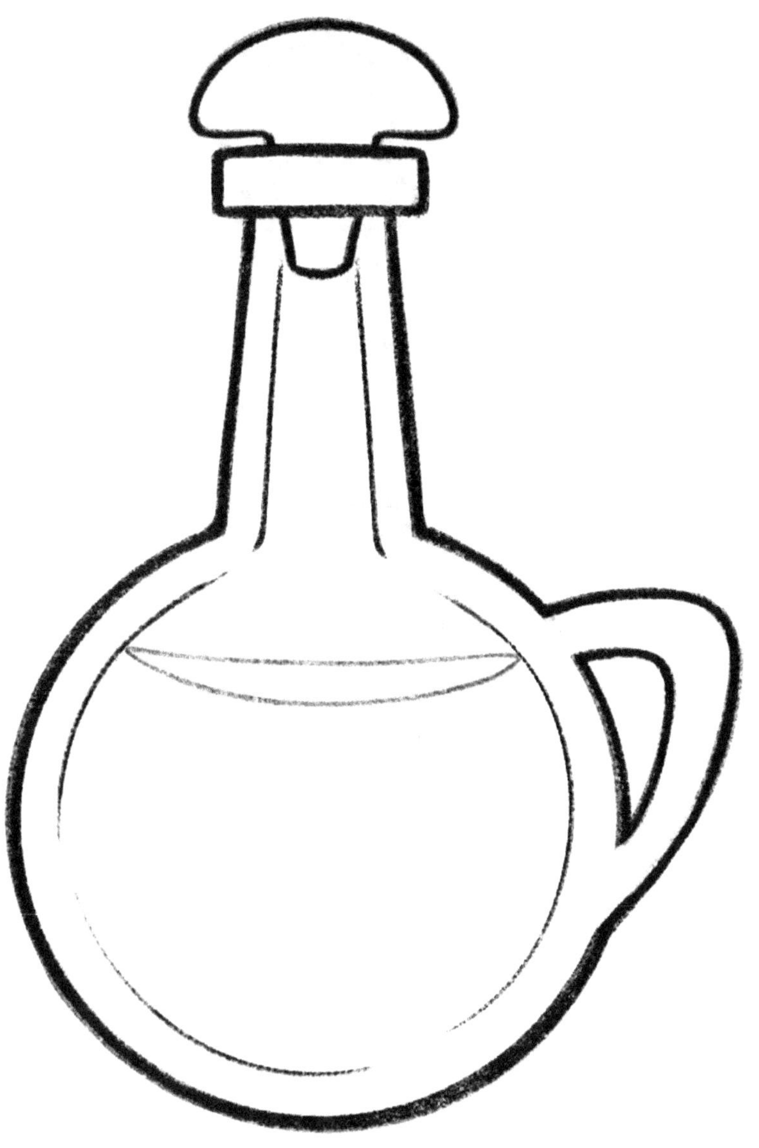

Strength: ______ Dose: ______ Time: ______

Ingredients: ______

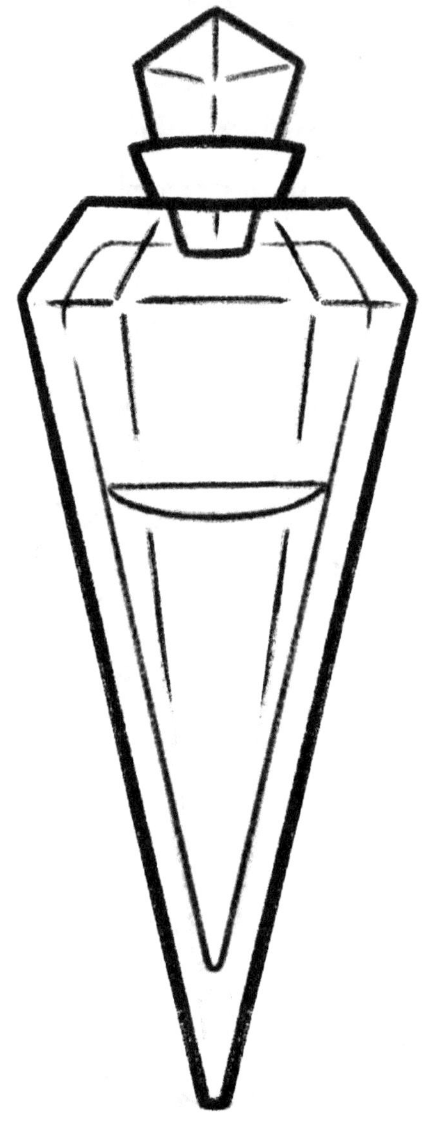

Strength: ________ Dose: ________ Time: ________

Ingredients: ________________________________

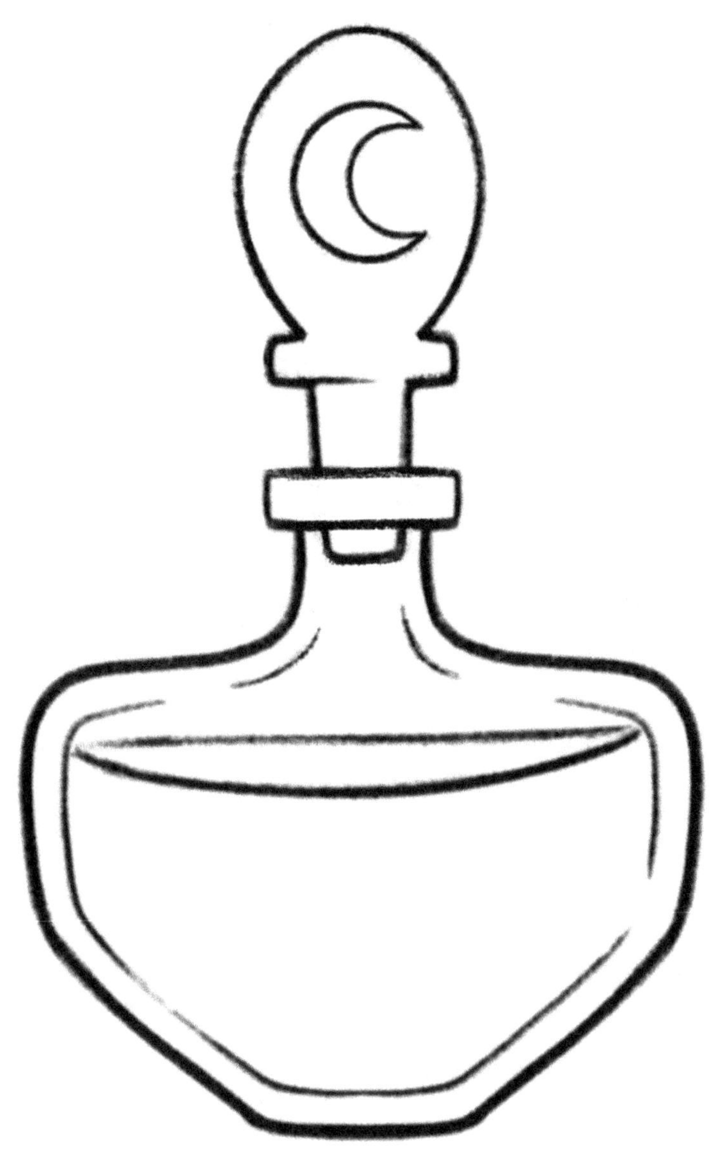

Strength: ________ Dose: ________ Time: ________

Ingredients: ________________________________

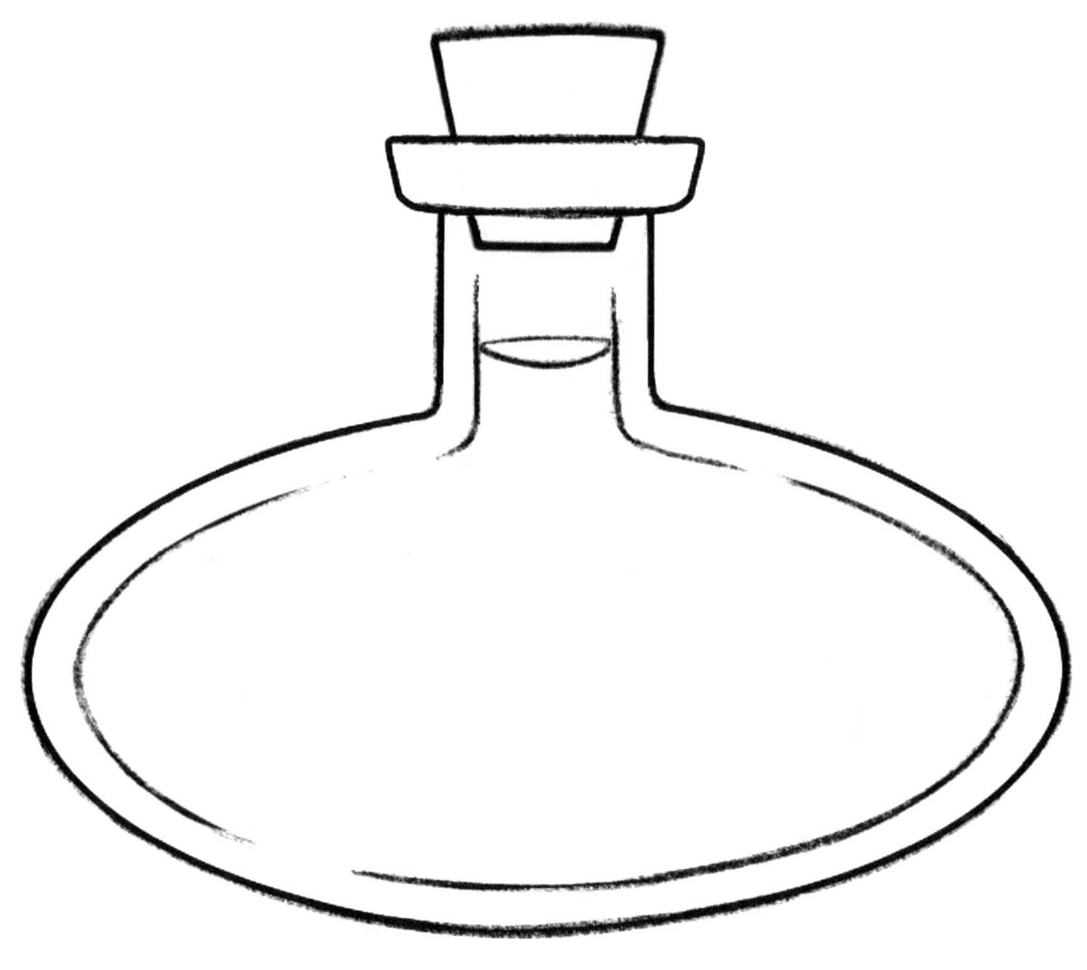

Strength: ________ Dose: ________ Time: ________

Ingredients: ________________________

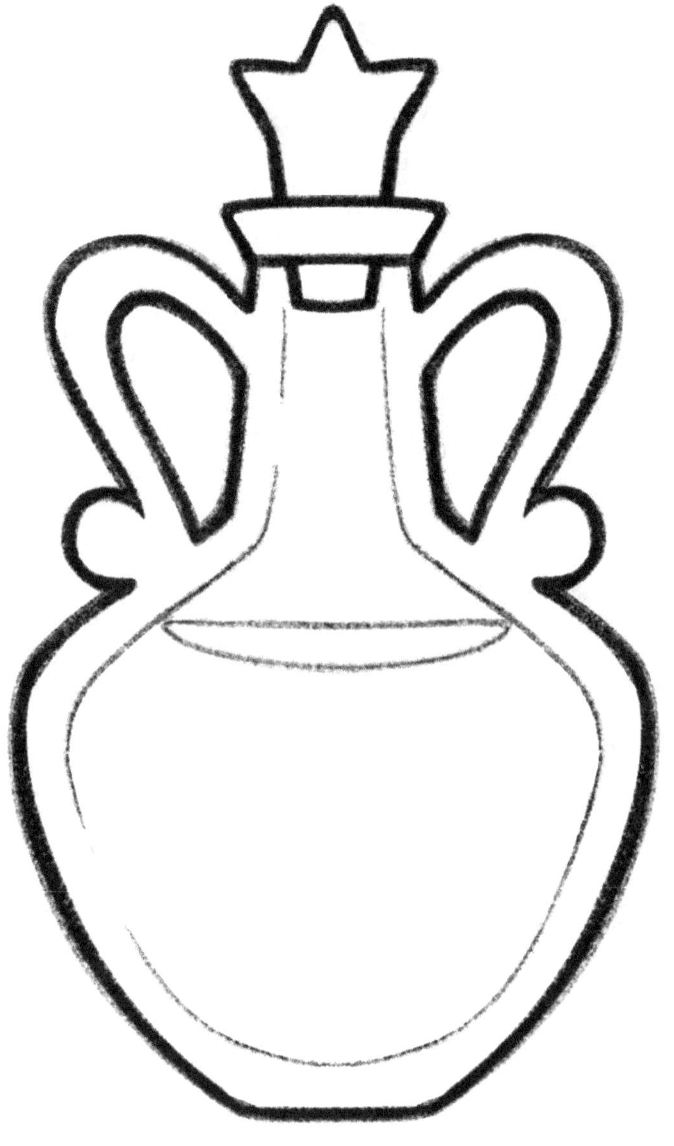

Strength: ______ Dose: ______ Time: ______

Ingredients: ______

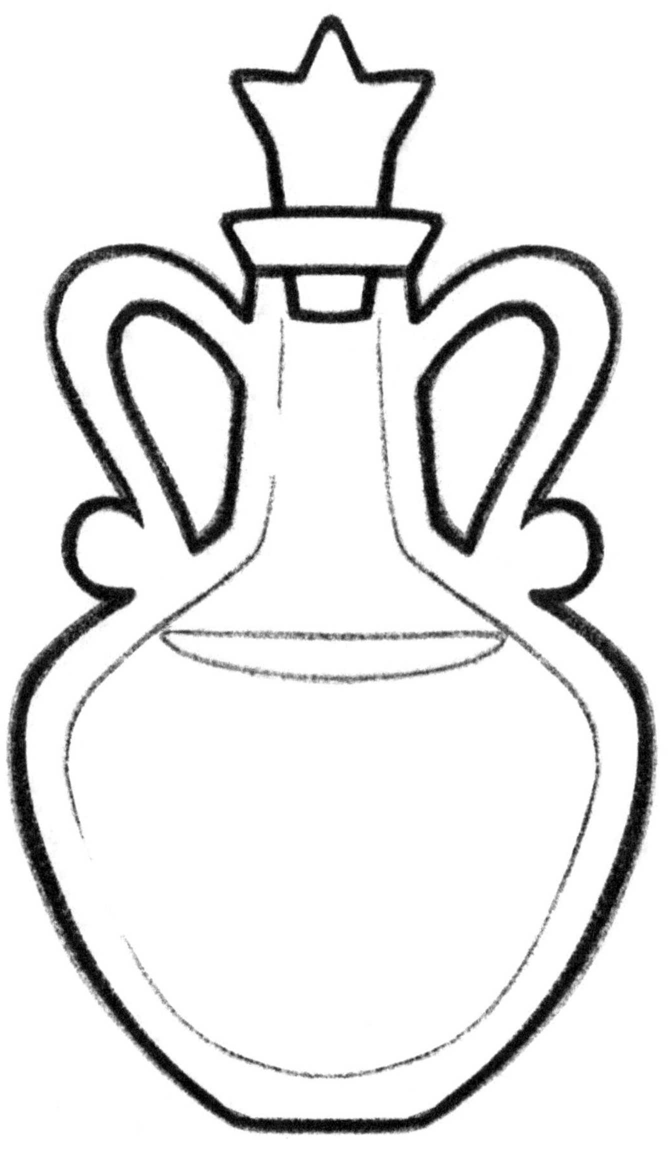

Strength: ________ Dose: ________ Time: ________

Ingredients: ________

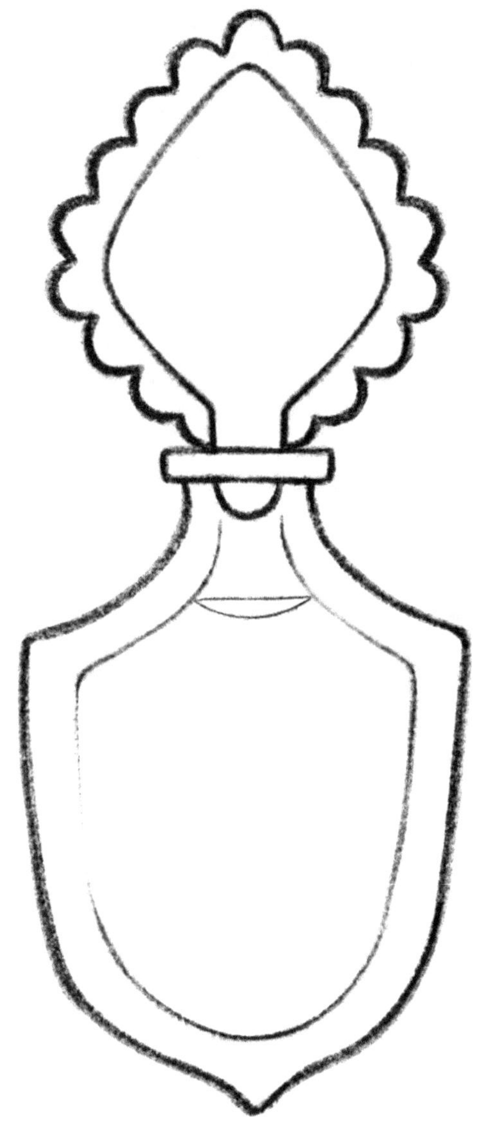

Strength: ________ Dose: ________ Time: ________

Ingredients: ________________________

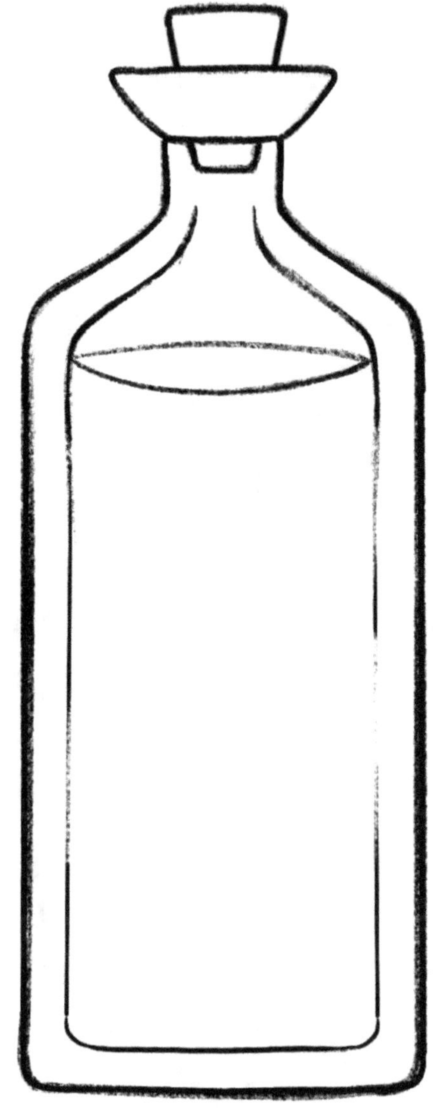

Strength: ________ Dose: ________ Time: ________

Ingredients: ________

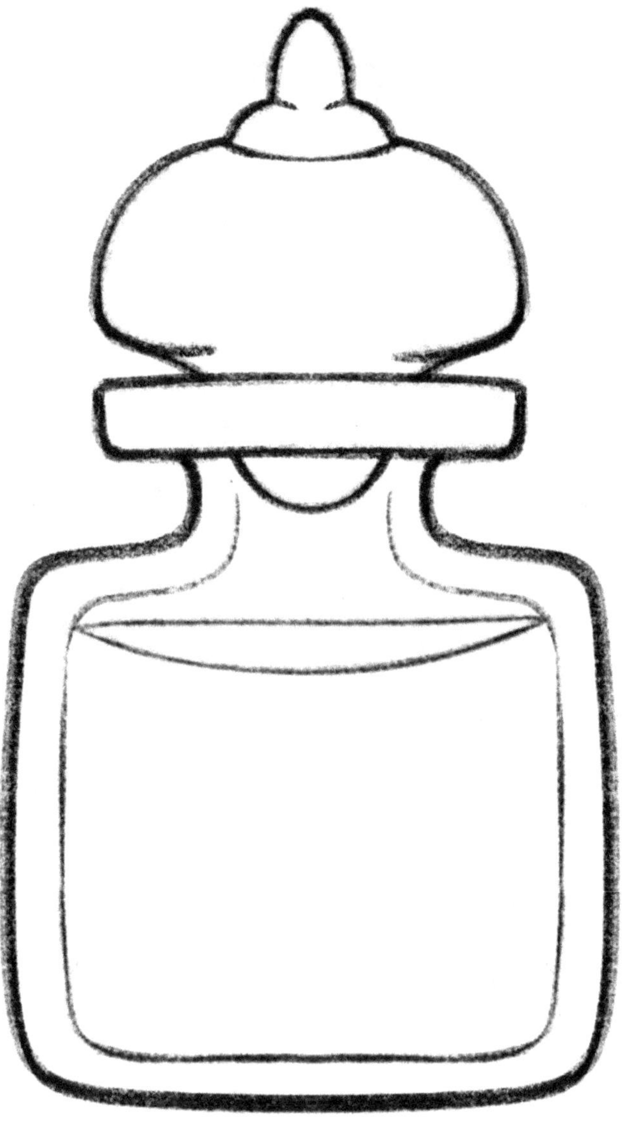

Strength: ________ Dose: ________ Time: ________

Ingredients: ________________________

____

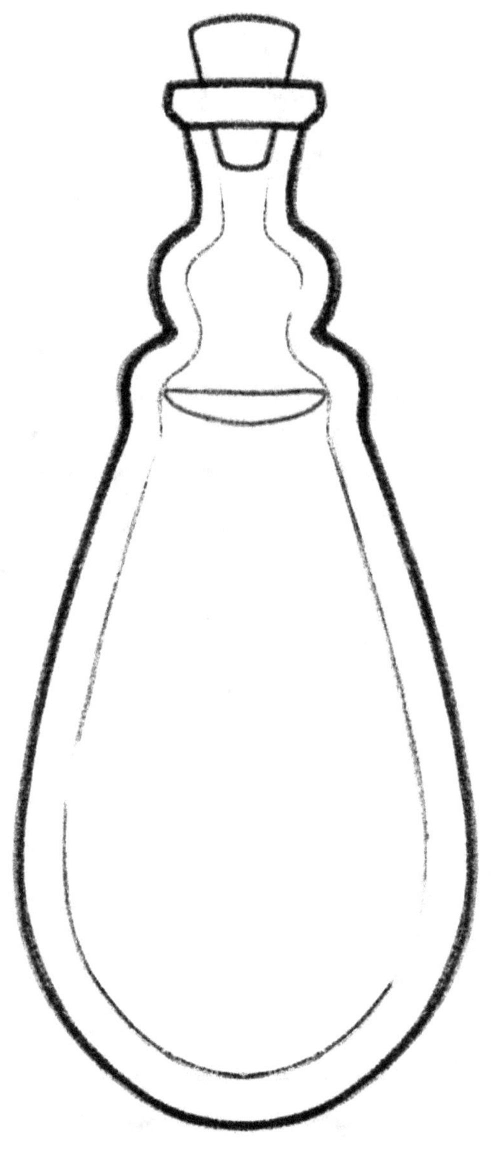

Strength: ____________ Dose: ____________ Time: ____________

Ingredients: ____

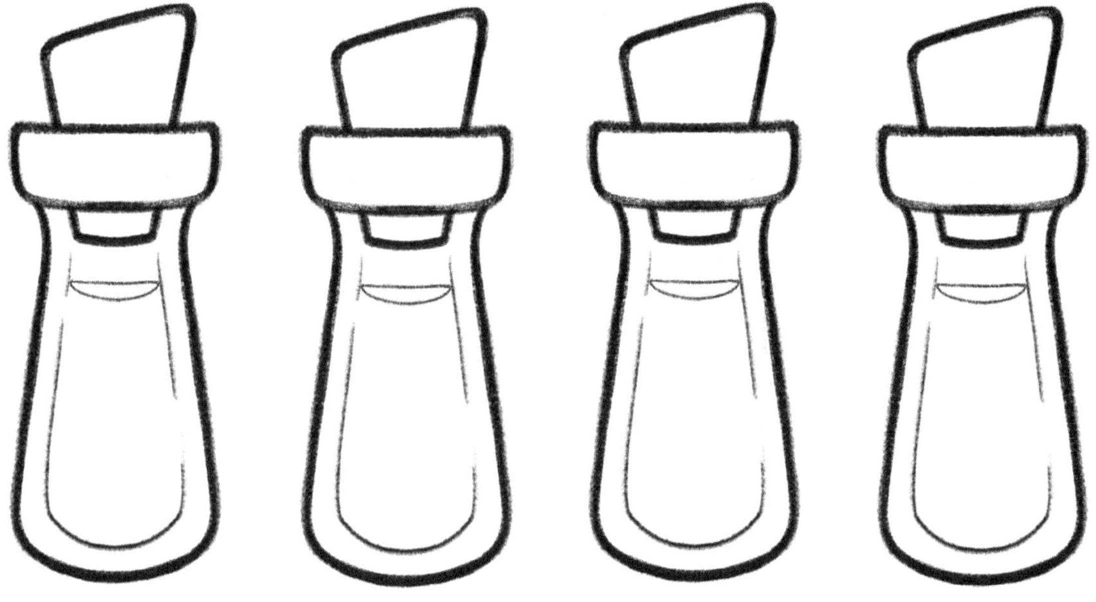

Strength: ____________ Dose: ____________ Time: ____________

Ingredients: ____________

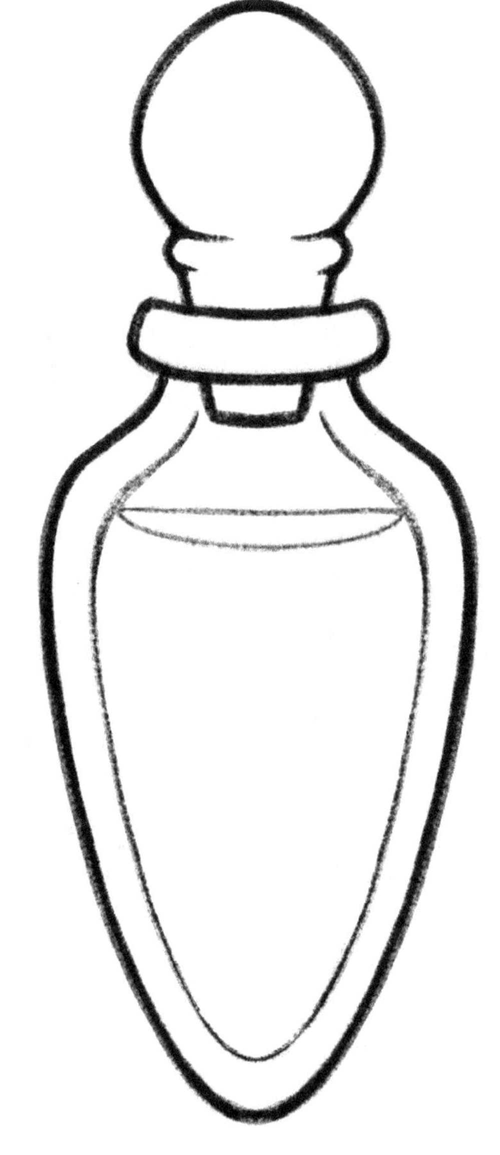

Strength: ________ Dose: ________ Time: ________

Ingredients: ________

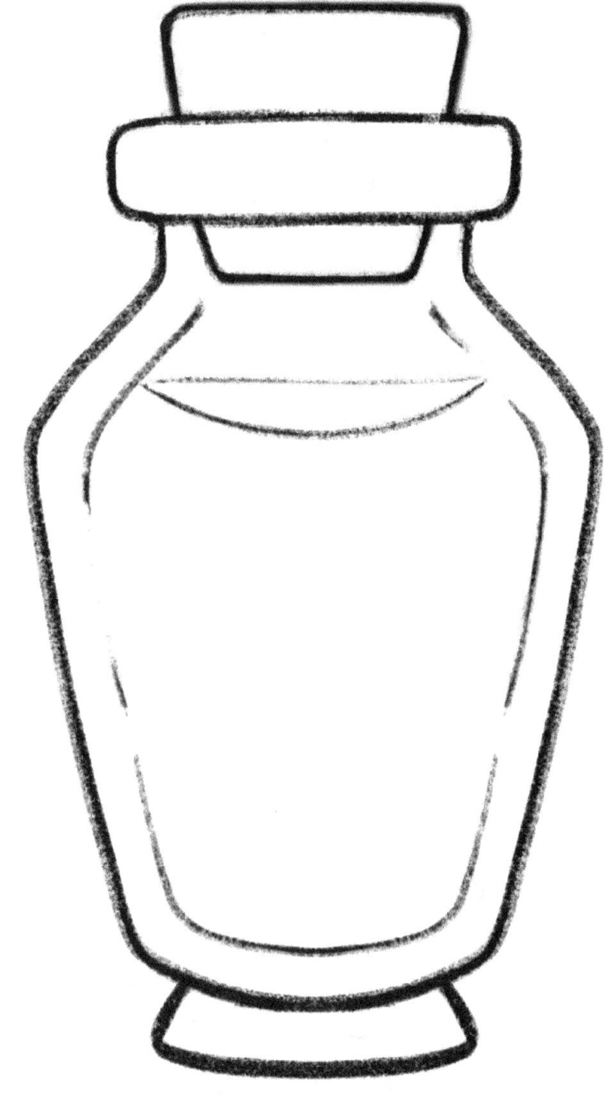

Strength: ________ Dose: ________ Time: ________

Ingredients: ________________________________

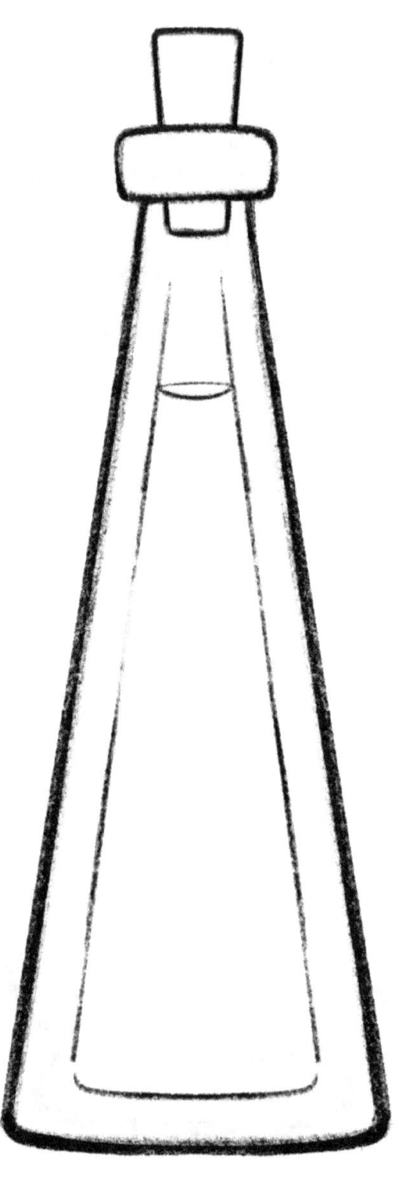

Strength: ________ Dose: ________ Time: ________

Ingredients: ________________________

____

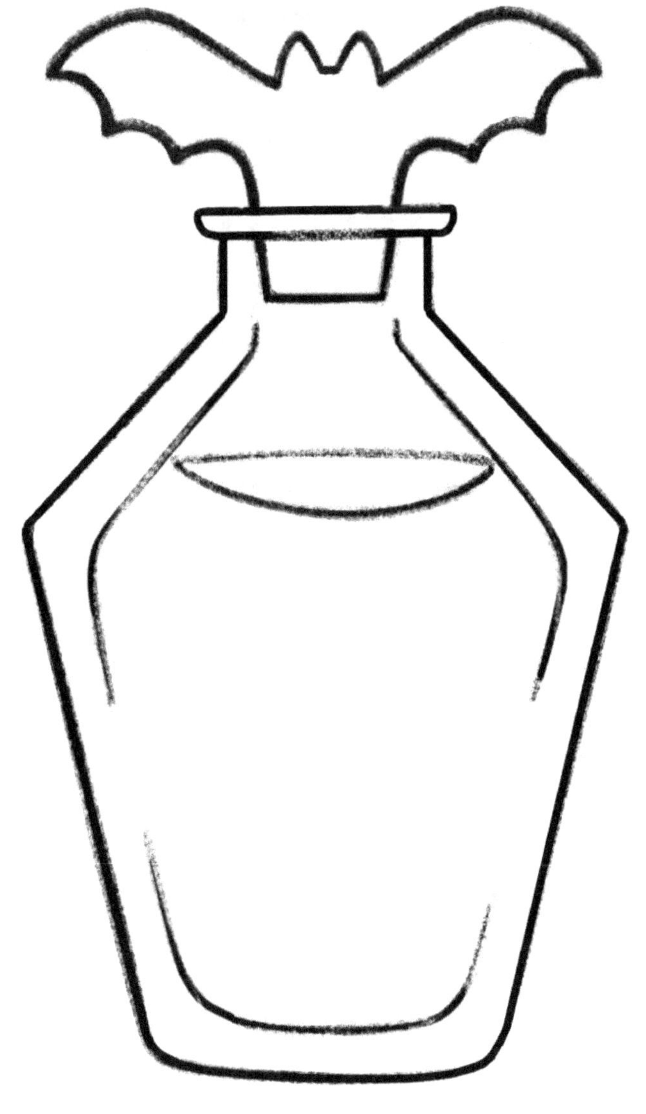

Strength: ________ Dose: ________ Time: ________

Ingredients: ________

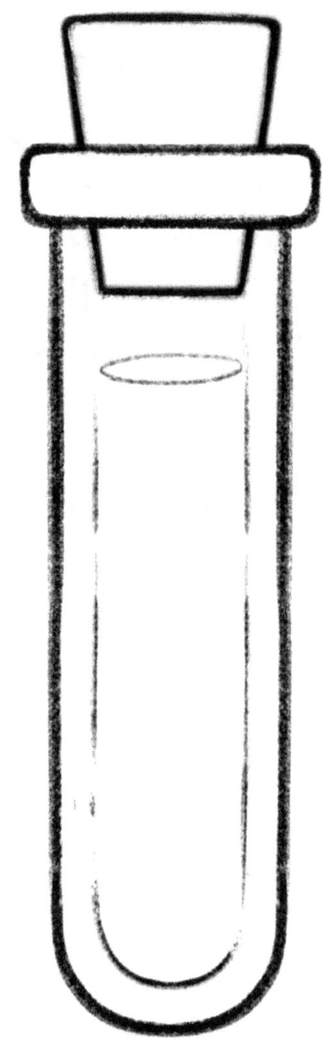

Strength: ________ Dose: ________ Time: ________

Ingredients: ________

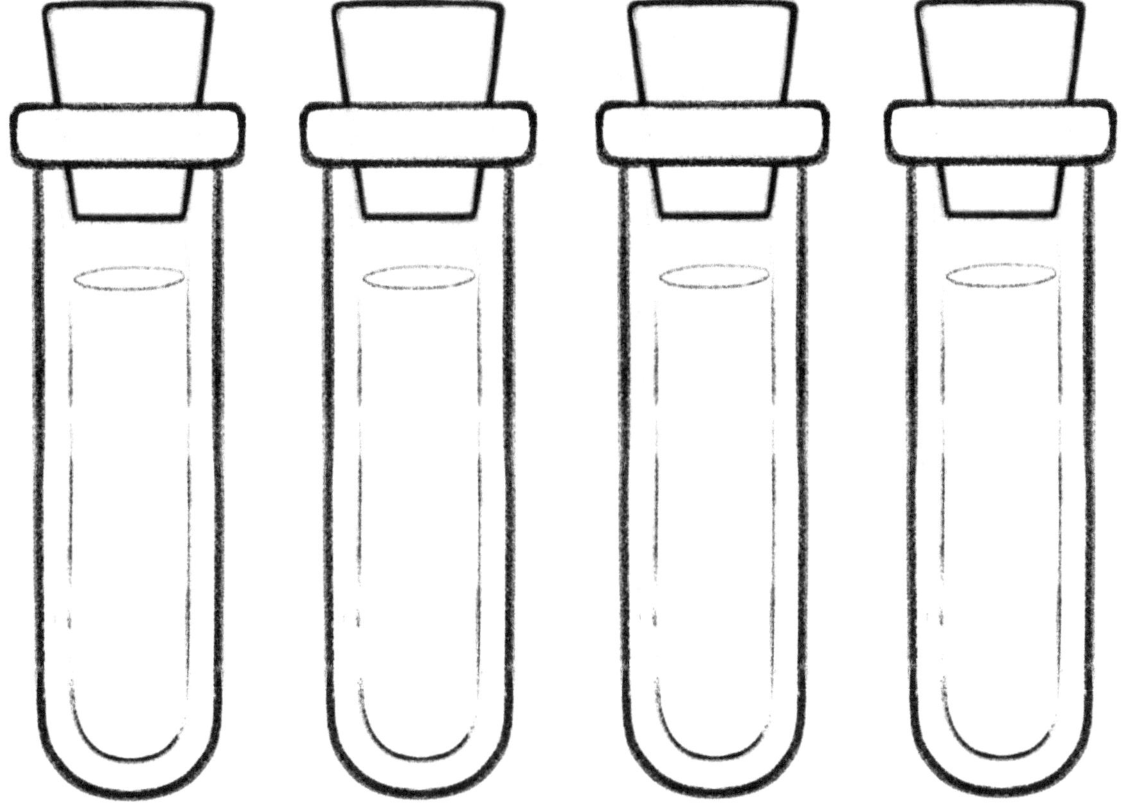

Strength: ________ Dose: ________ Time: ________

Ingredients: ________

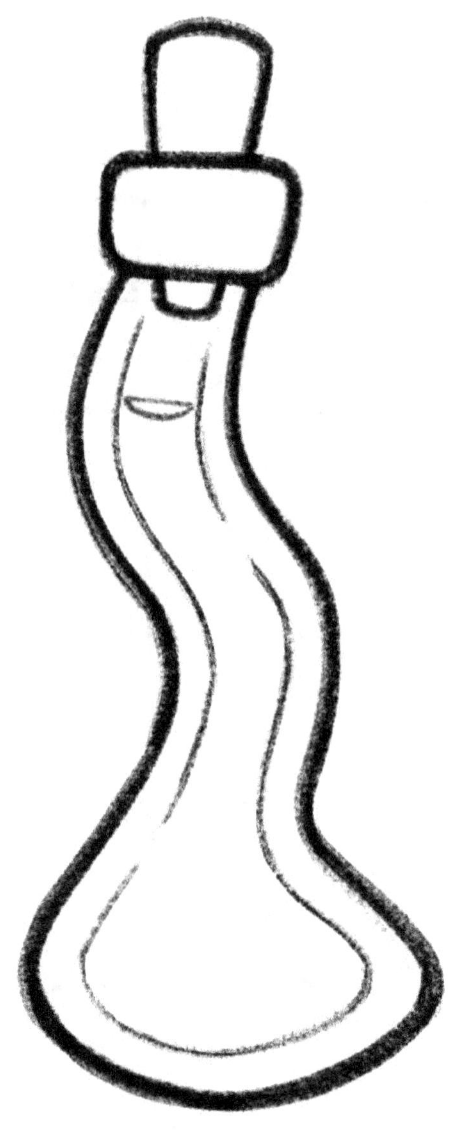

Strength: ________ Dose: ________ Time: ________

Ingredients: ________________________________

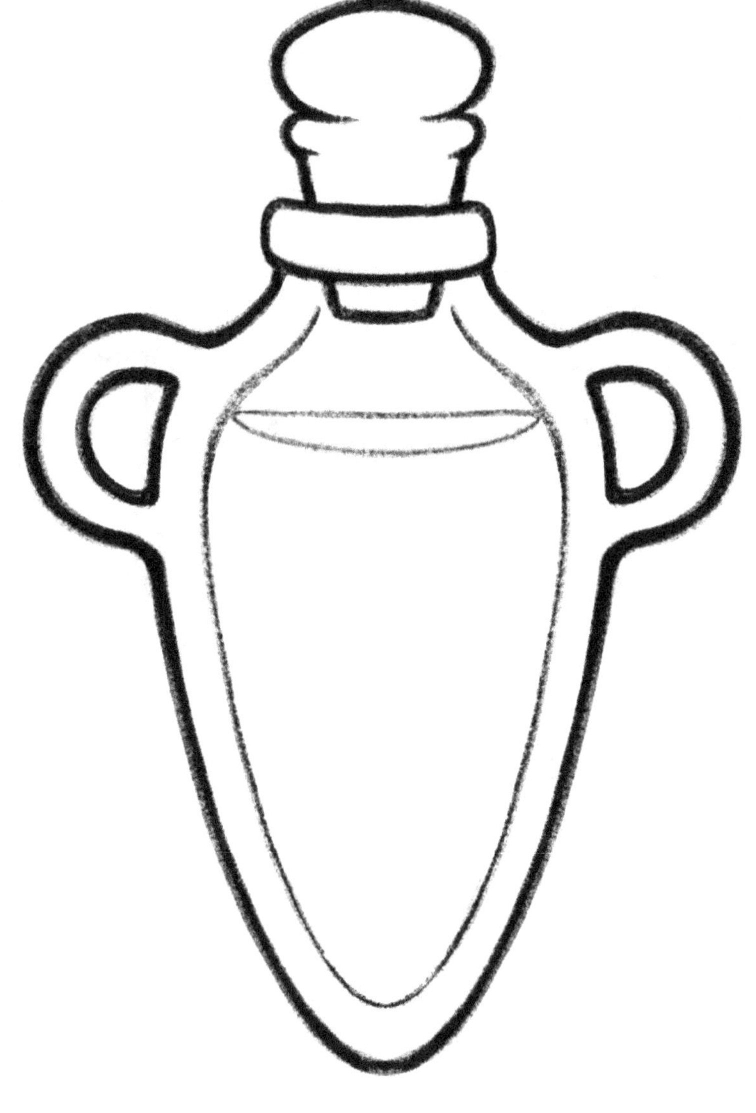

Strength: ________ Dose: ________ Time: ________

Ingredients: ____________________

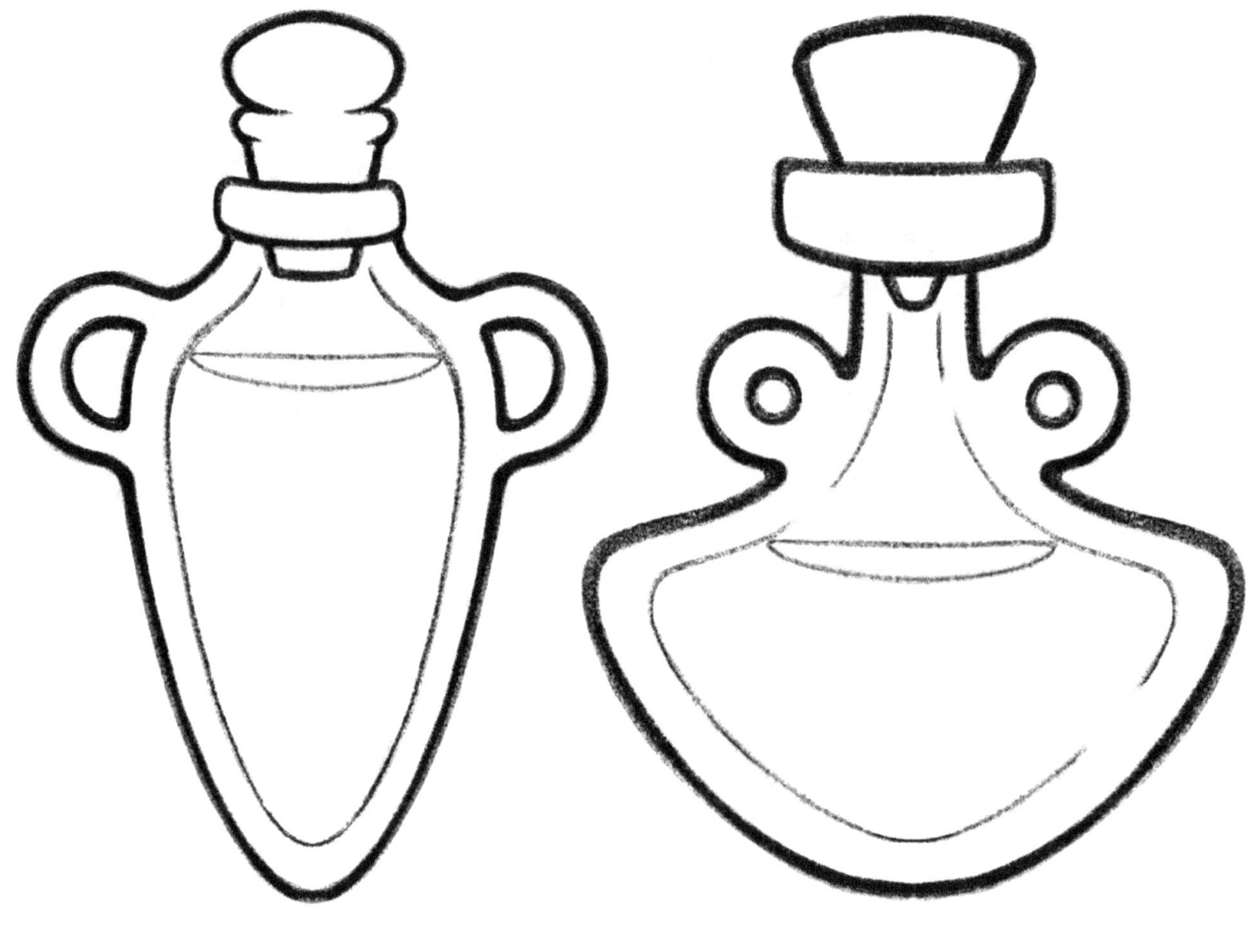

Strength: ________ Dose: ________ Time: ________

Ingredients: ________

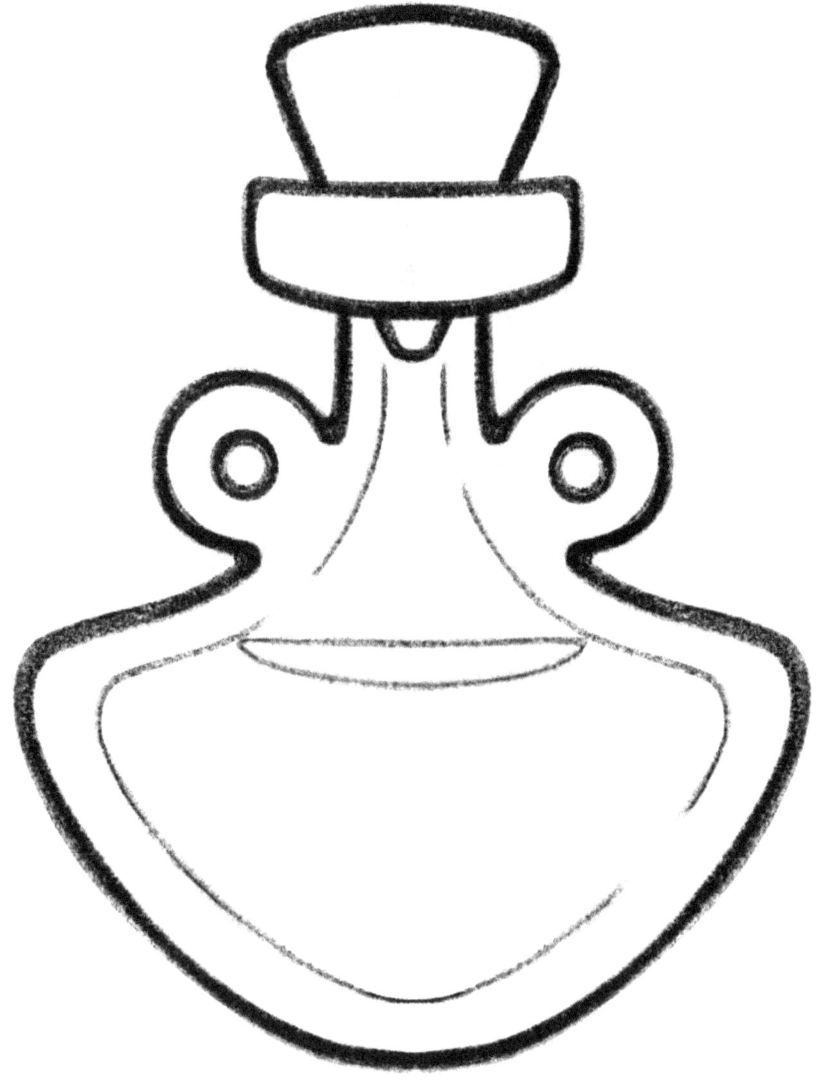

Strength: ________ Dose: ________ Time: ________

Ingredients: ________________________

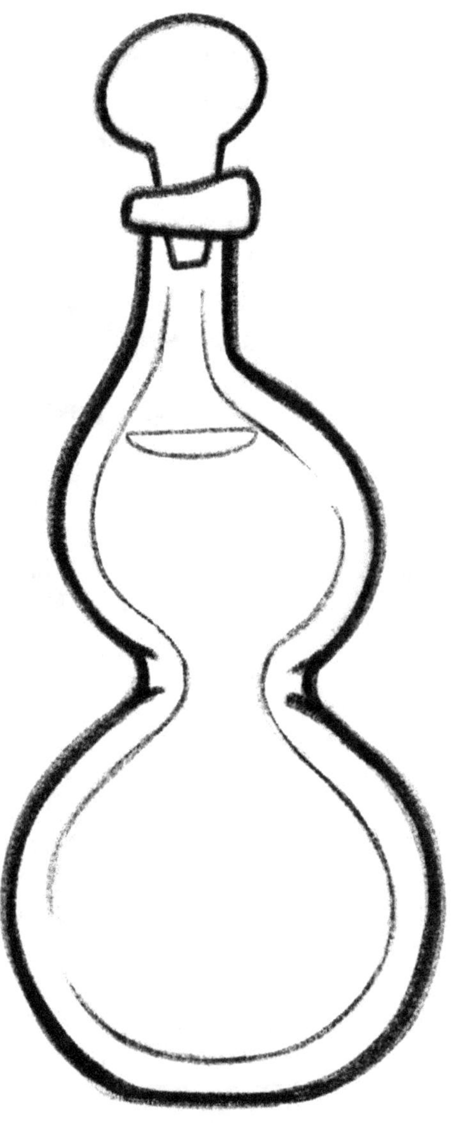

Strength: ______ Dose: ______ Time: ______

Ingredients: ______

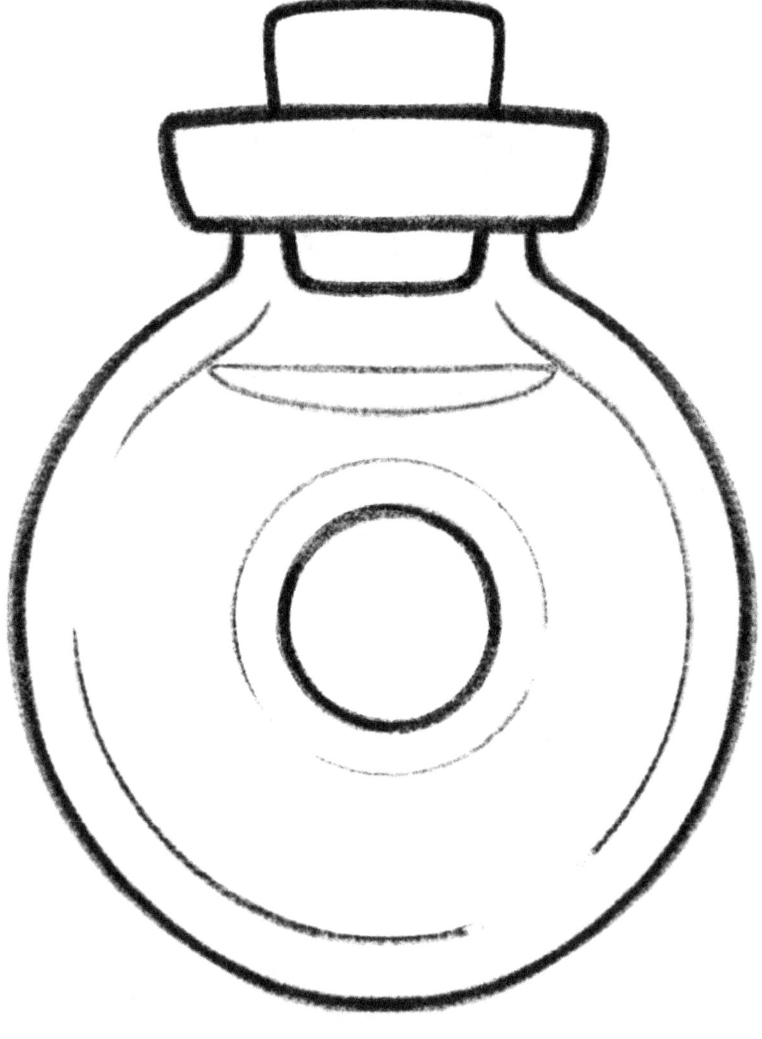

Strength: ________ Dose: ________ Time: ________

Ingredients: ________________________________

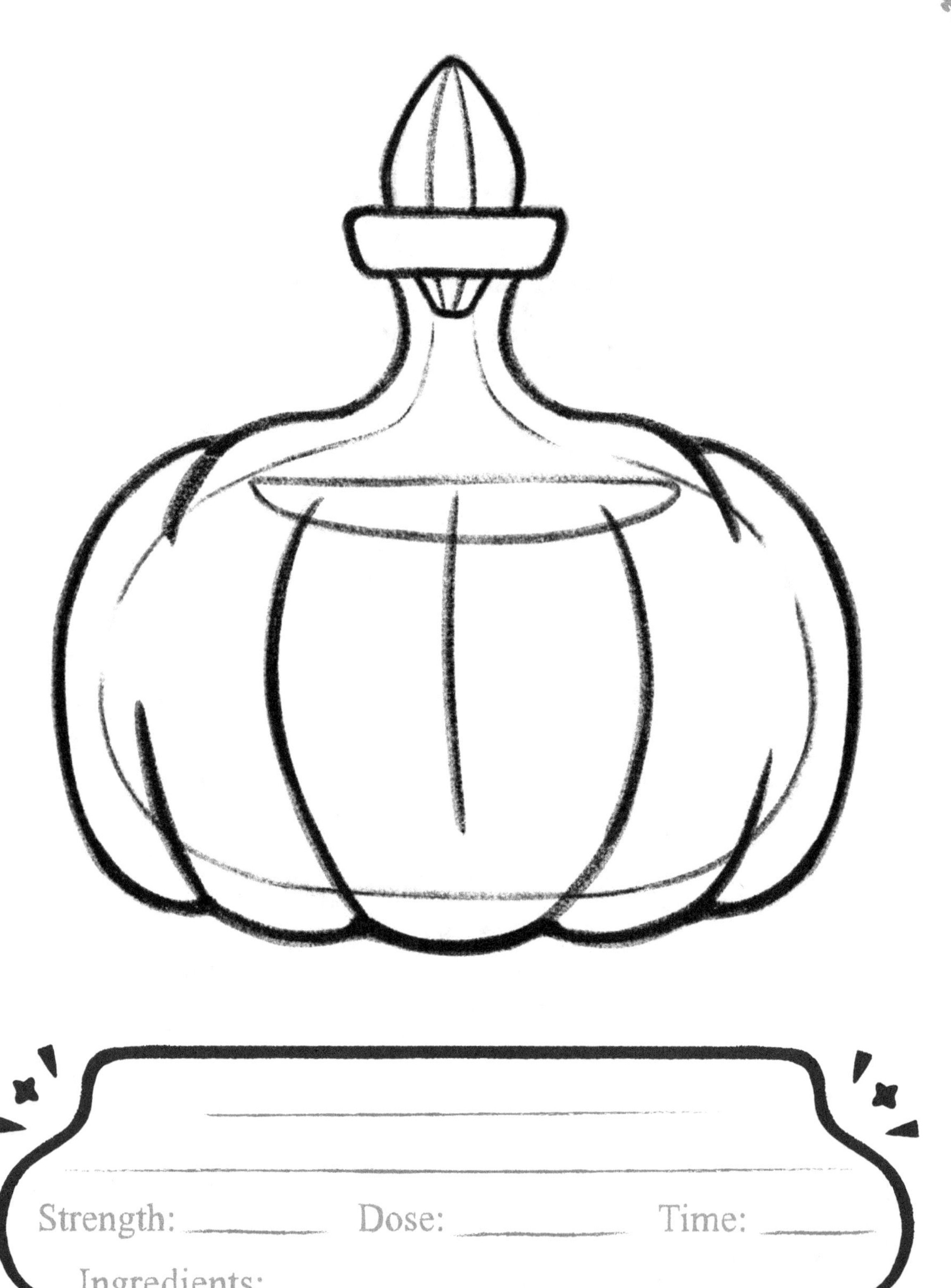
Strength: ______ Dose: ______ Time: ______
Ingredients: ______

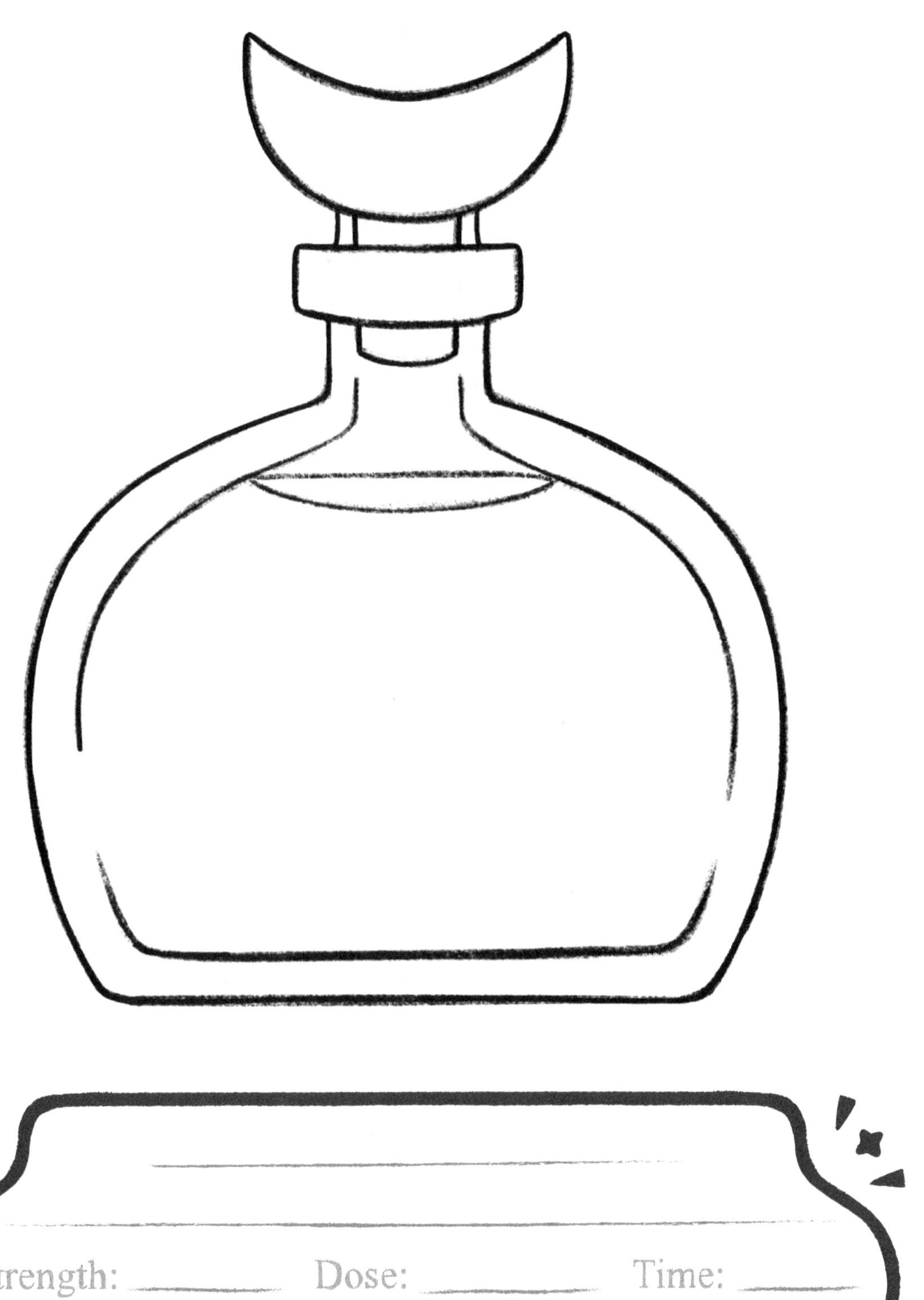

Strength: ________ Dose: ________ Time: ________

Ingredients: ________

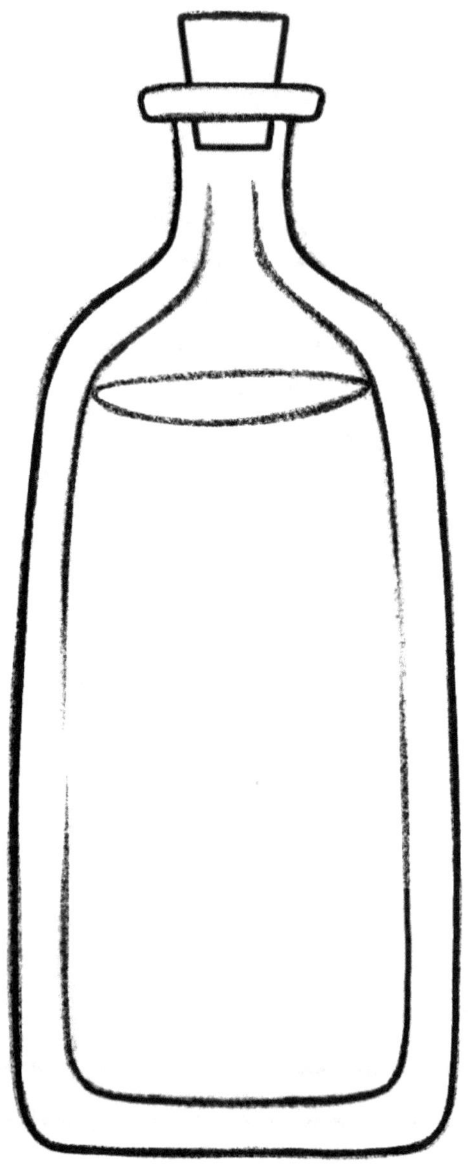

Strength: ________ Dose: ________ Time: ________

Ingredients: ________________

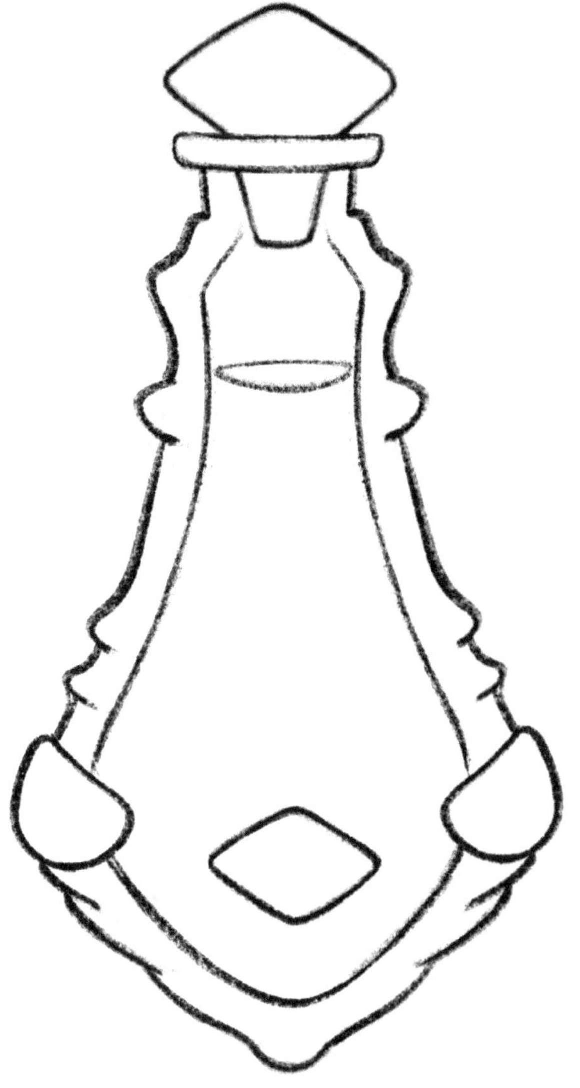

Strength: ________ Dose: ________ Time: ________

Ingredients: ________________

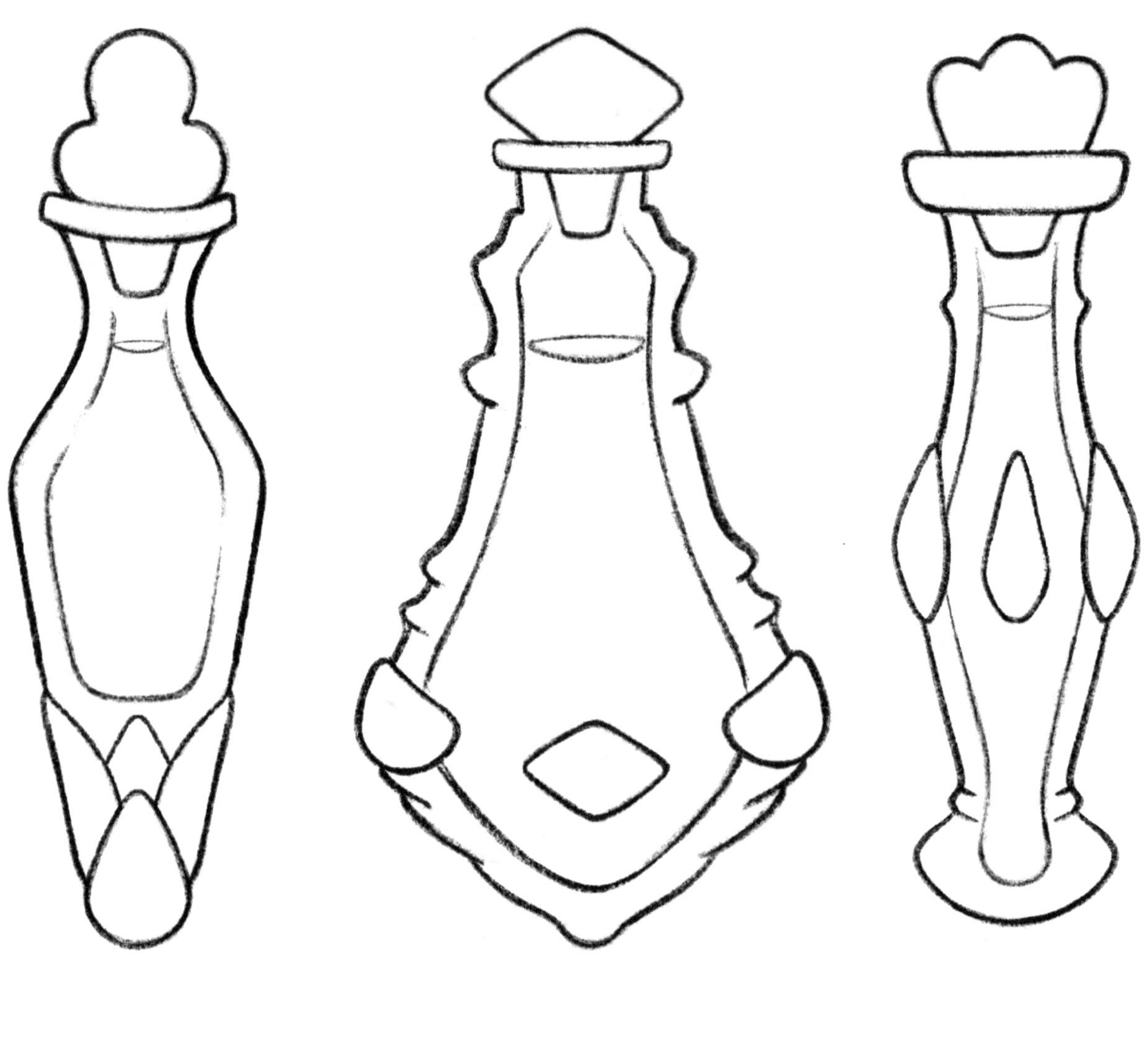

Strength: ________ Dose: ________ Time: ________

Ingredients: ________

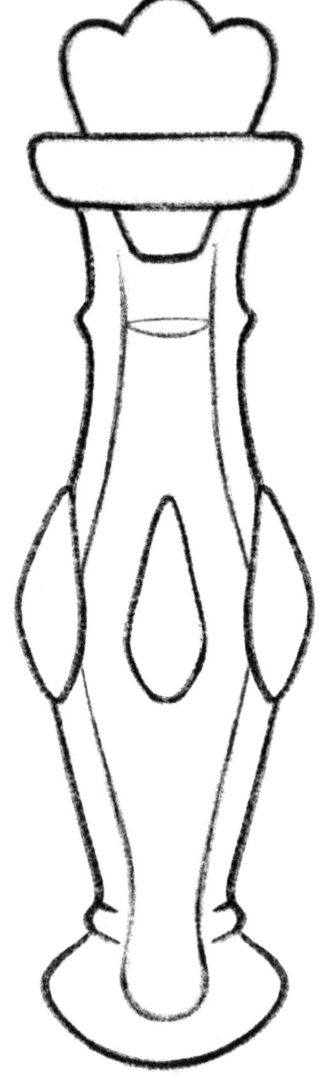

Strength: ________ Dose: ________ Time: ________

Ingredients: ________________

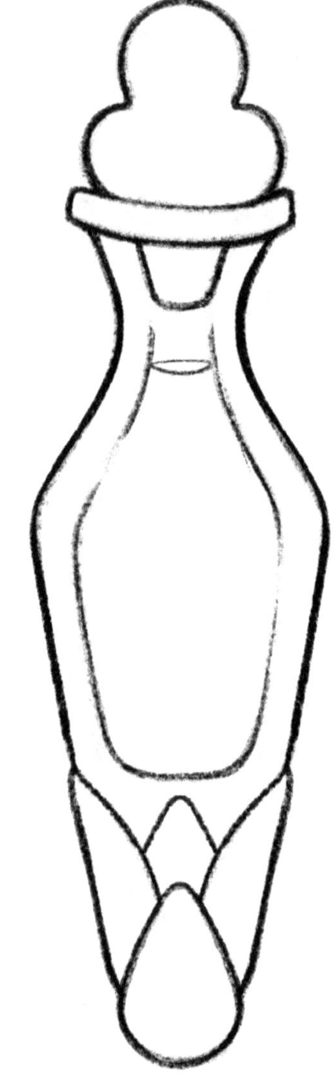

Strength: ________ Dose: ________ Time: ________

Ingredients: ________

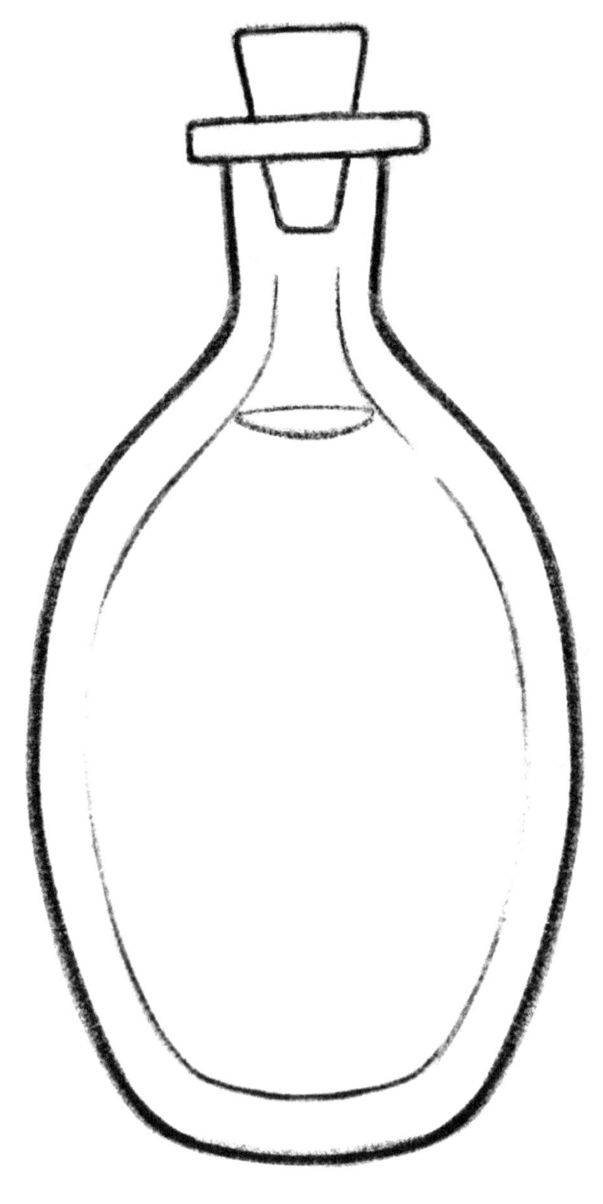

Strength: ________ Dose: ________ Time: ________

Ingredients: ________

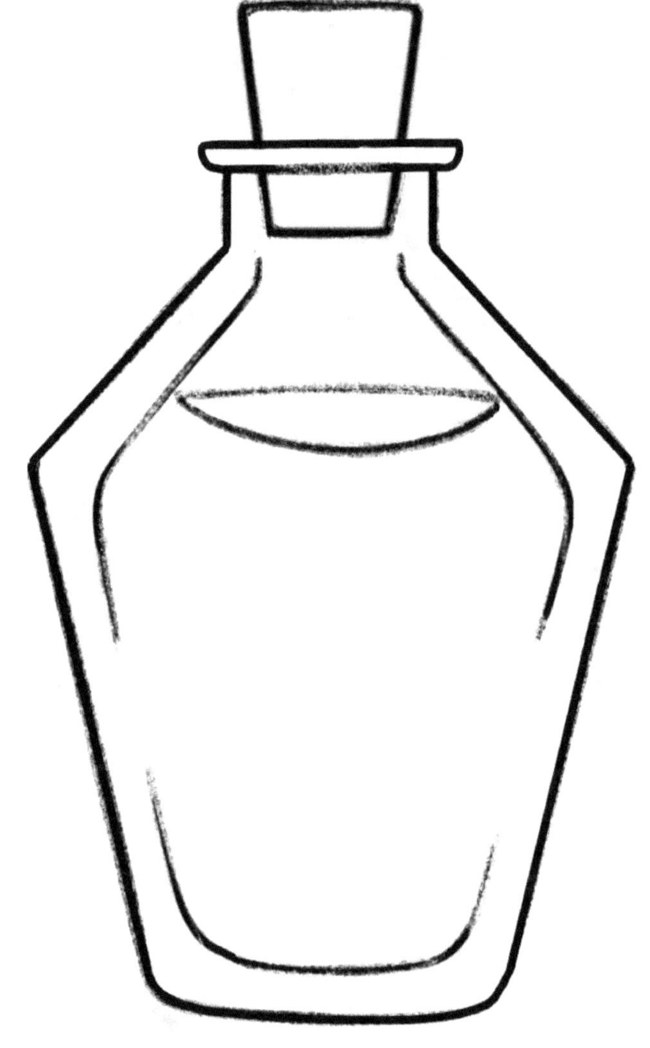

Strength: ________ Dose: ________ Time: ________

Ingredients: ________

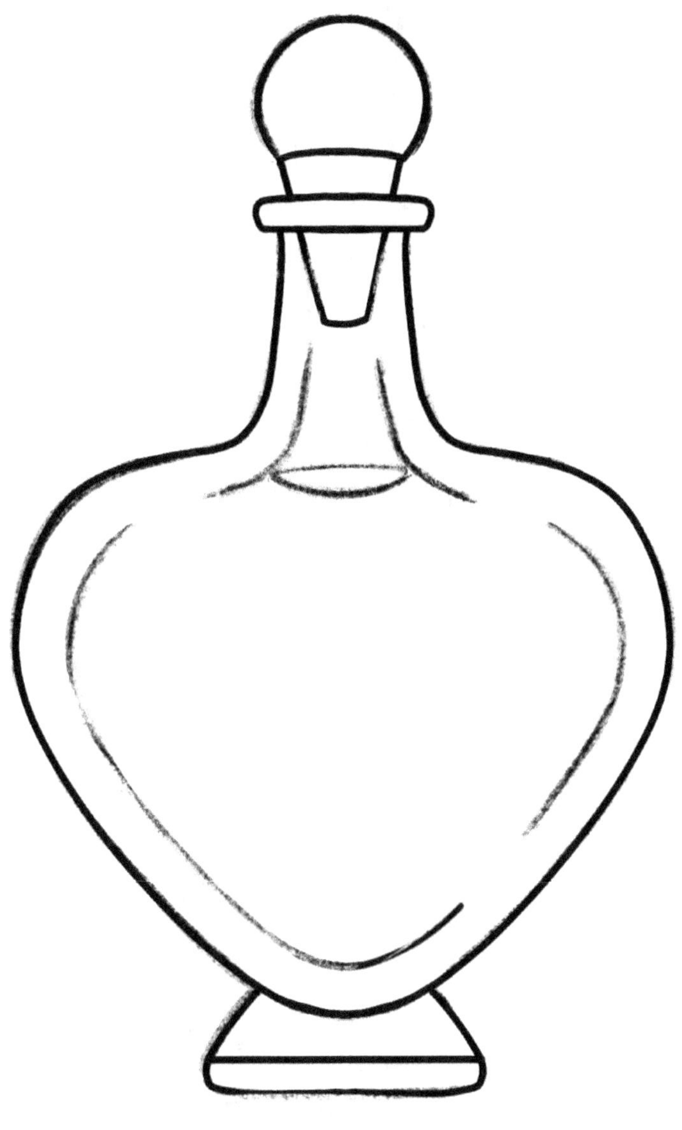

Strength: ________ Dose: ________ Time: ________

Ingredients: ________________________

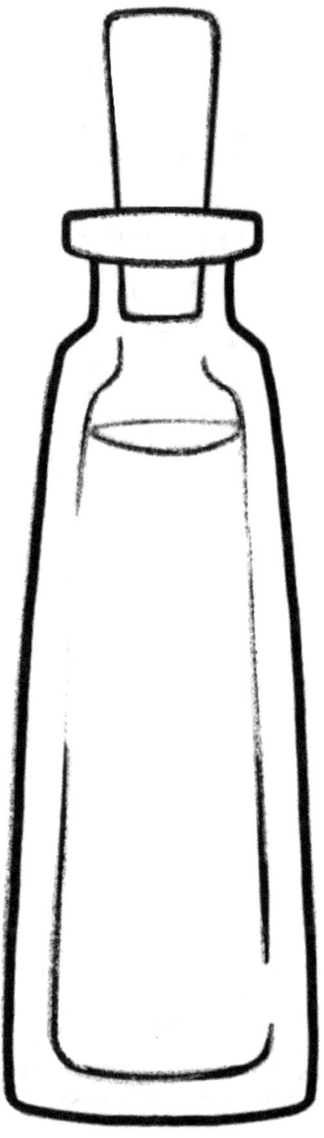

Strength: ________ Dose: ________ Time: ________

Ingredients: ________

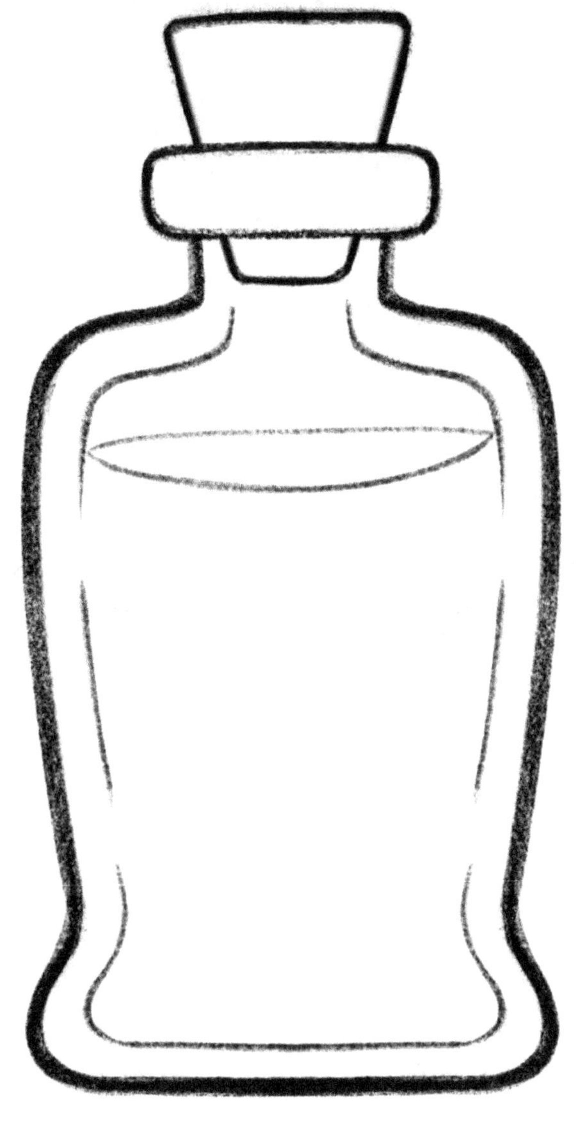

Strength: ________ Dose: ________ Time: ________

Ingredients: ________

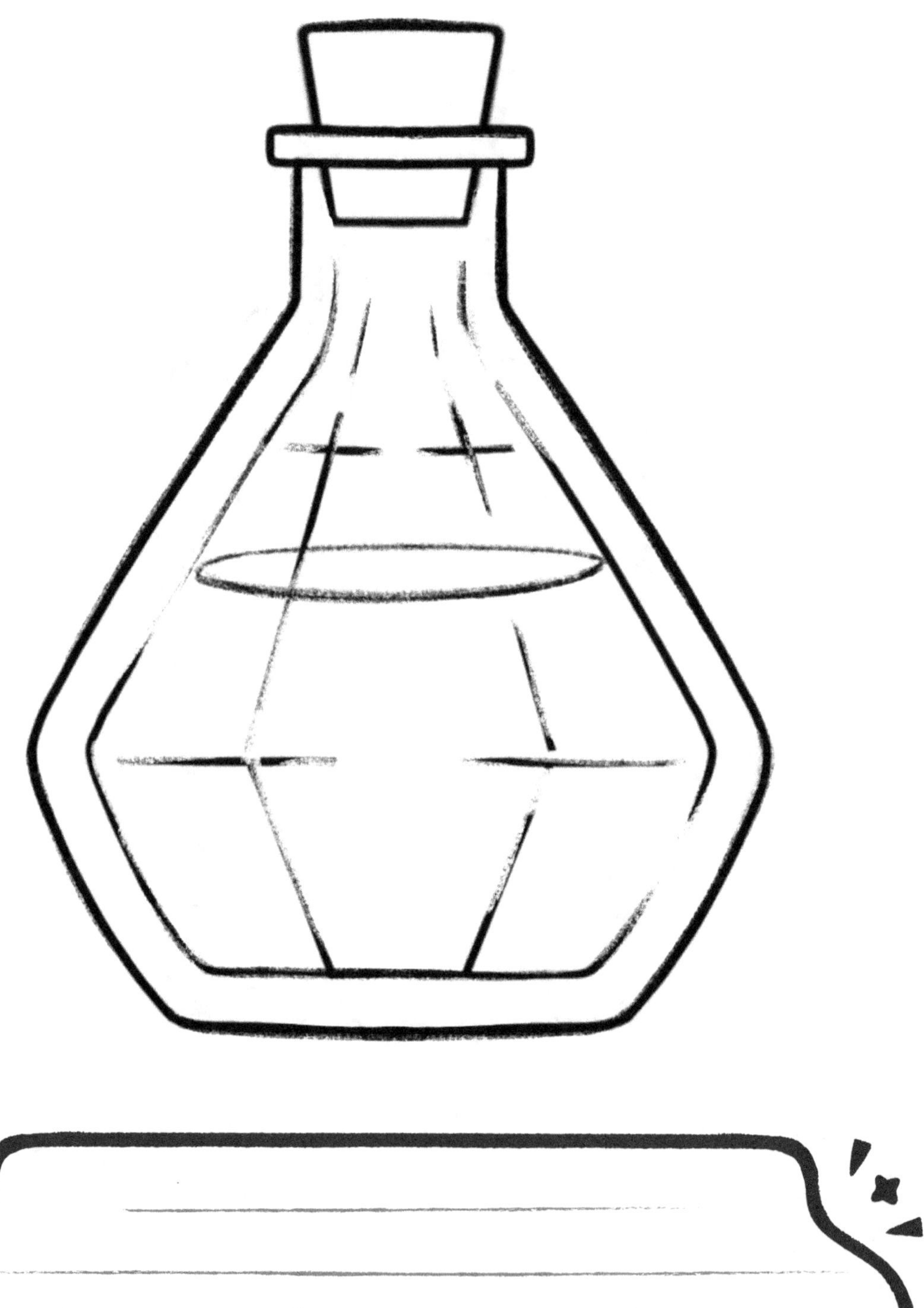

Strength: ________ Dose: ________ Time: ________

Ingredients: ________________

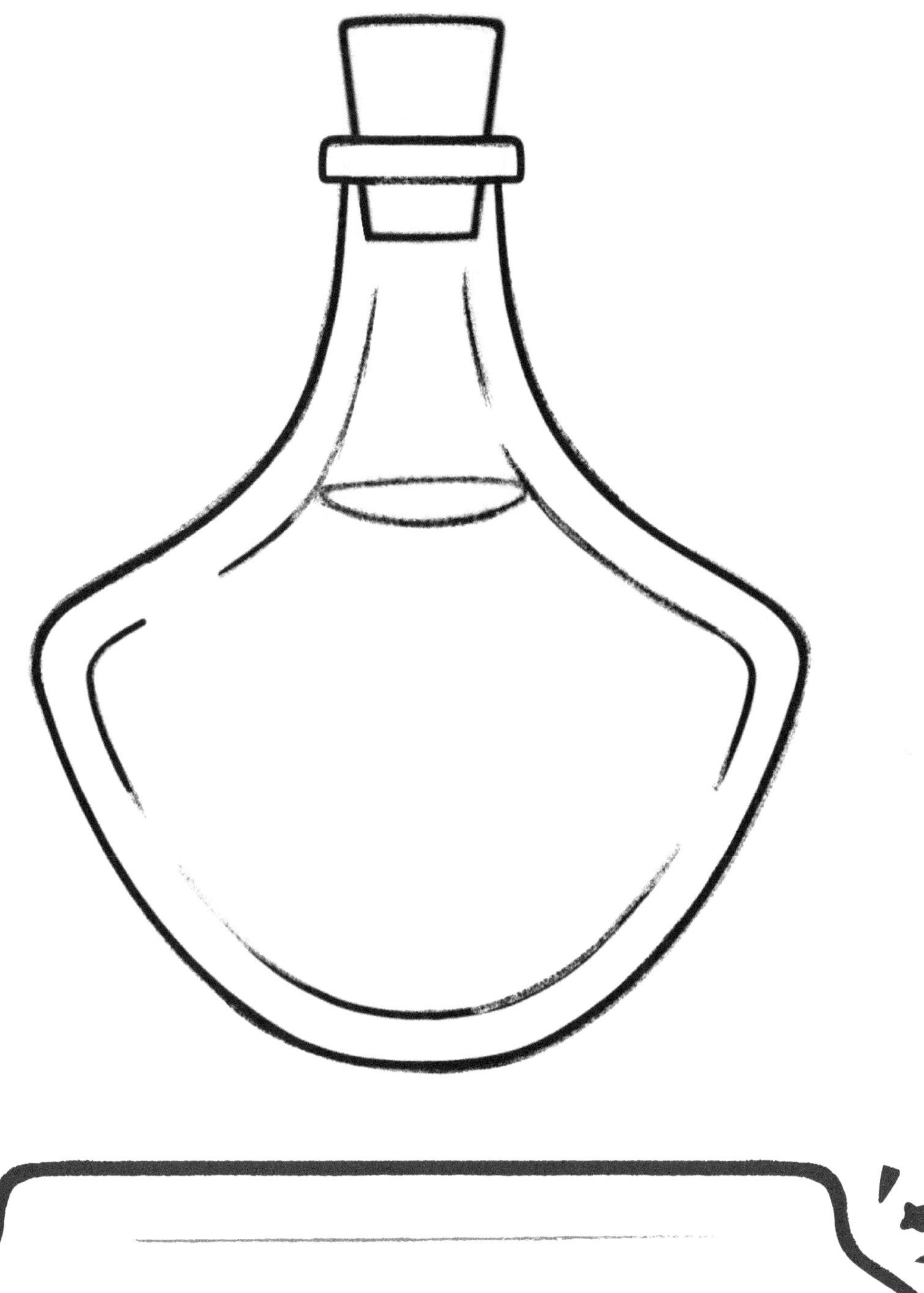

Strength: ________ Dose: ________ Time: ________

Ingredients: ________________

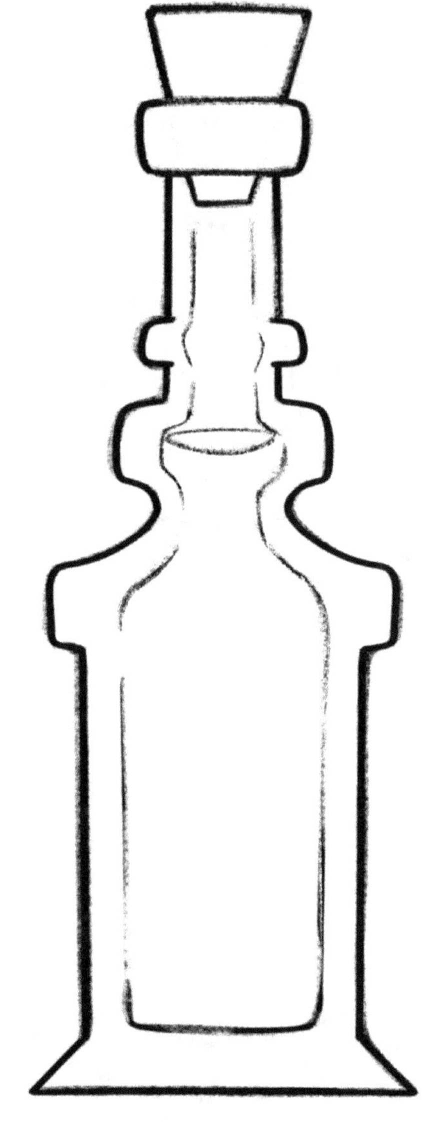

Strength: ________ Dose: ________ Time: ________

Ingredients: ________________

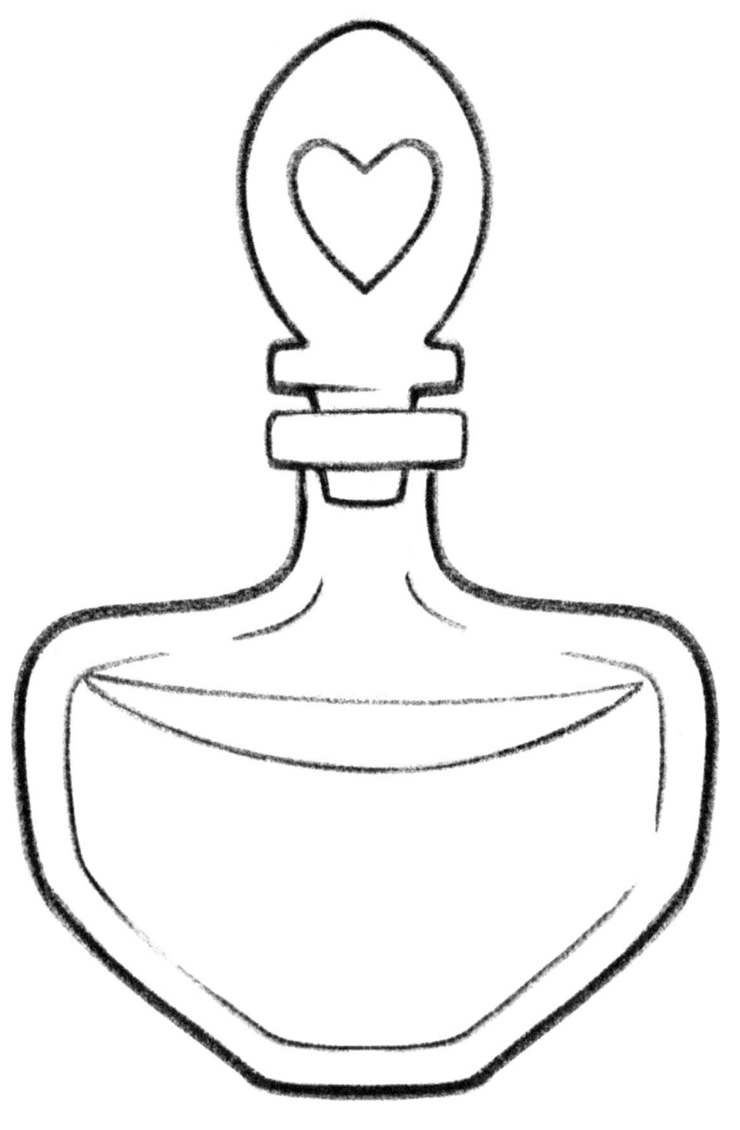

Strength: ________ Dose: ________ Time: ________

Ingredients: ________________________________

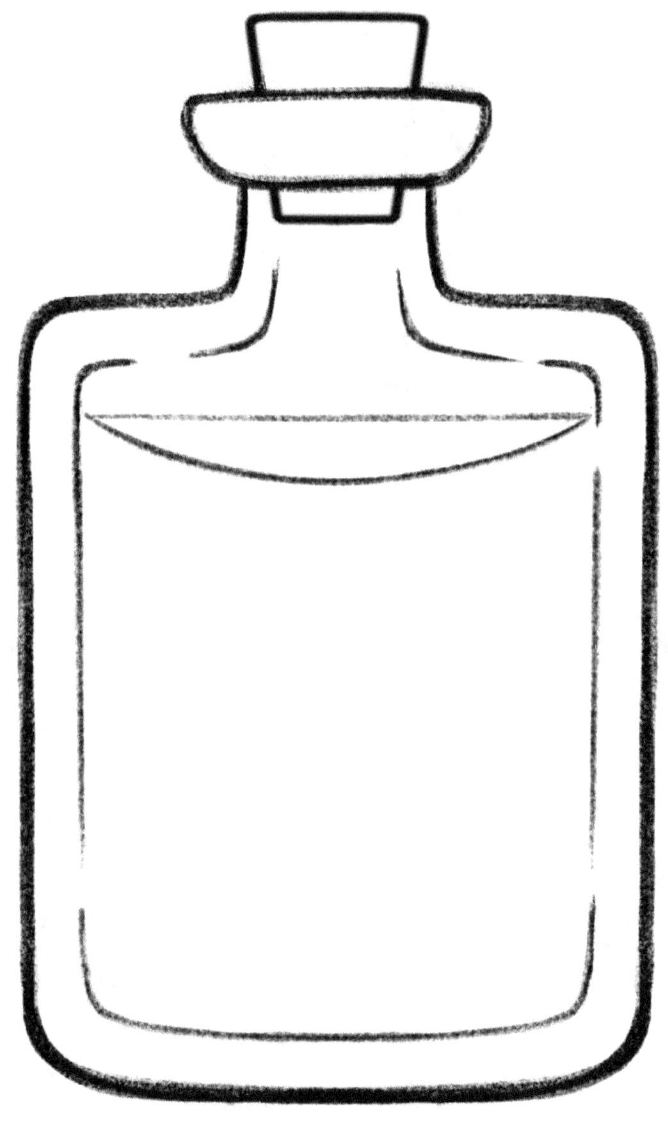

Strength: ________ Dose: ________ Time: ________

Ingredients: ________

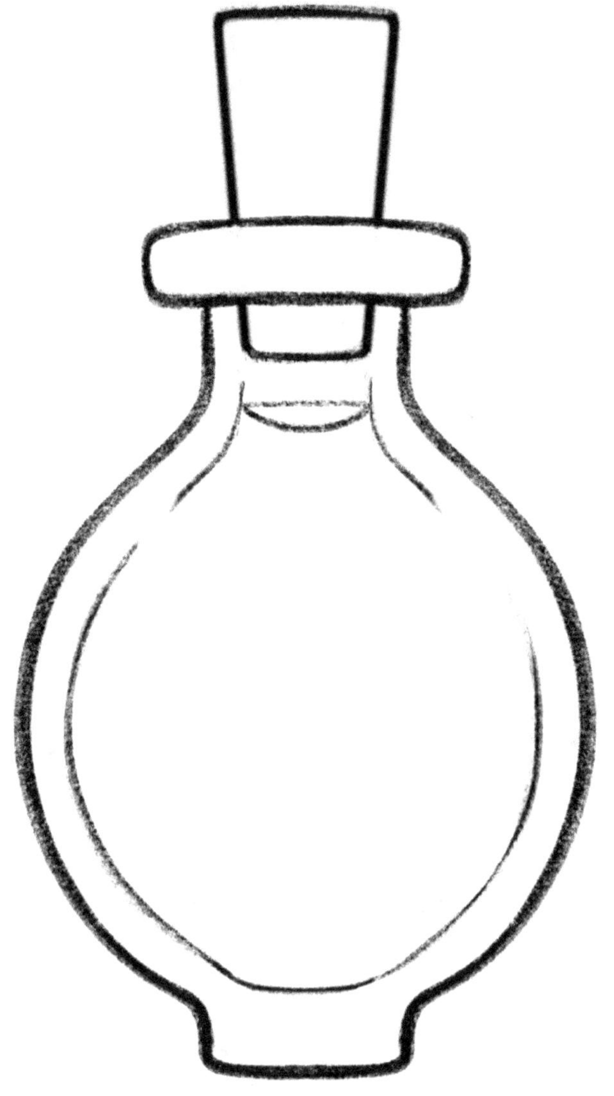

Strength: ________ Dose: ________ Time: ________

Ingredients: ________

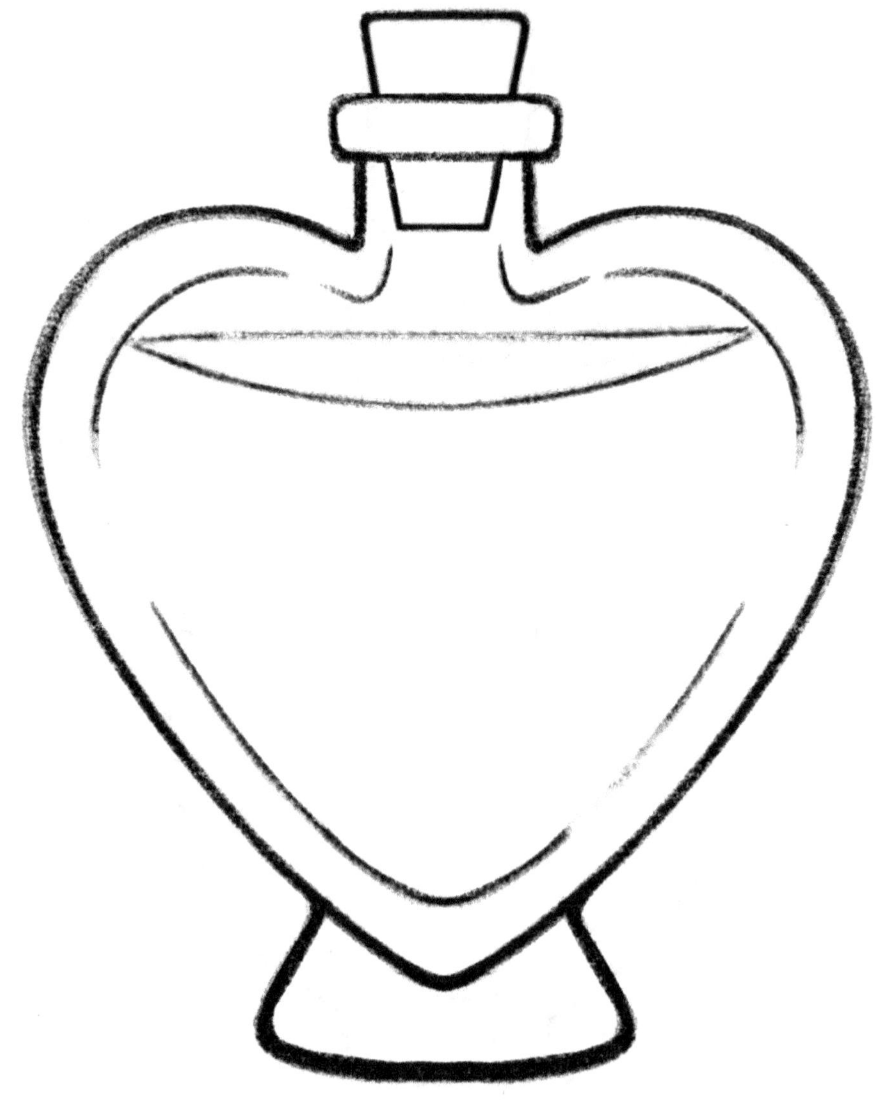

Strength: ________ Dose: ________ Time: ________

Ingredients: ________

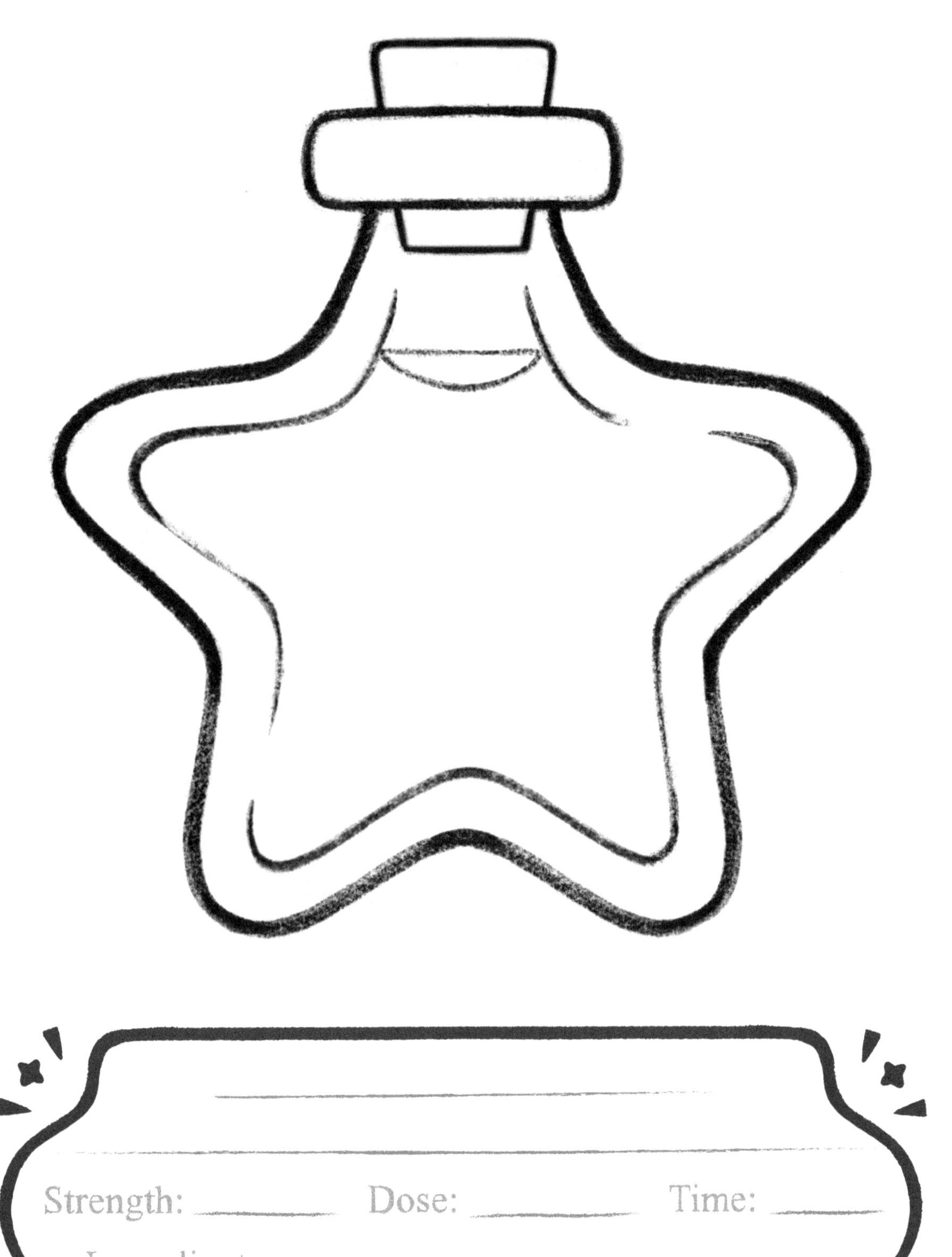

Strength: ________ Dose: ________ Time: ________

Ingredients: ________________

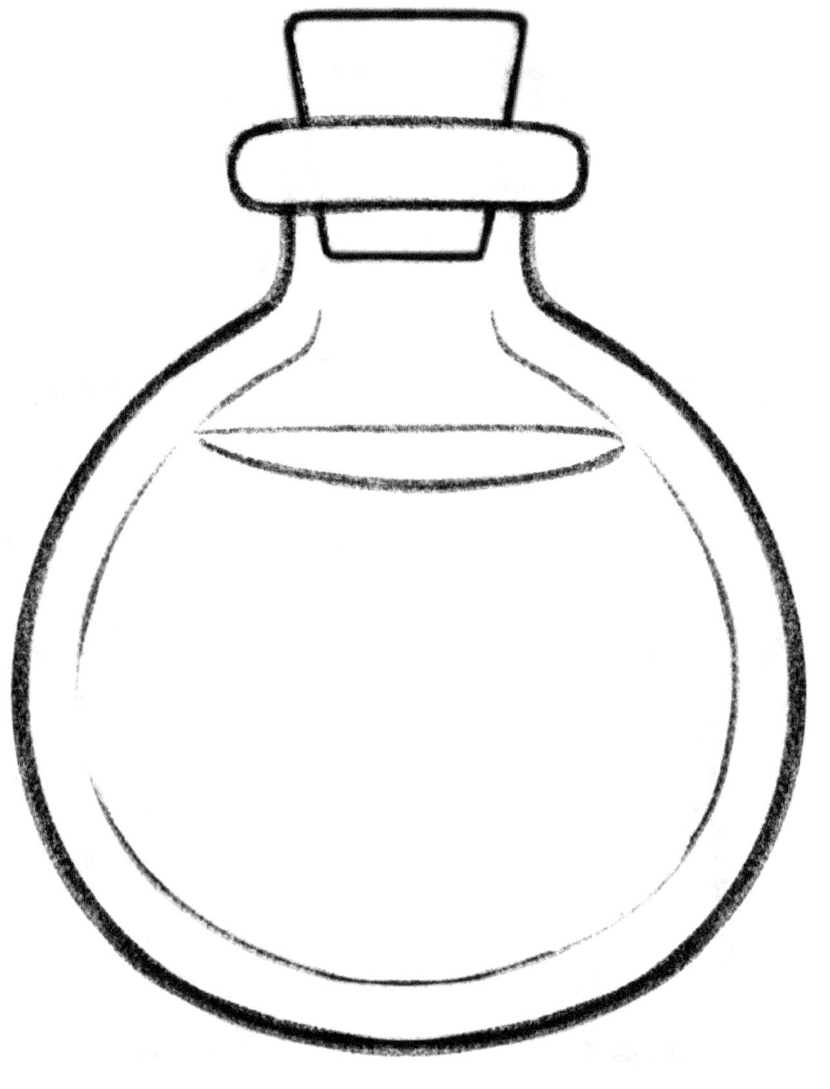

Strength: ________ Dose: ________ Time: ________

Ingredients: ________

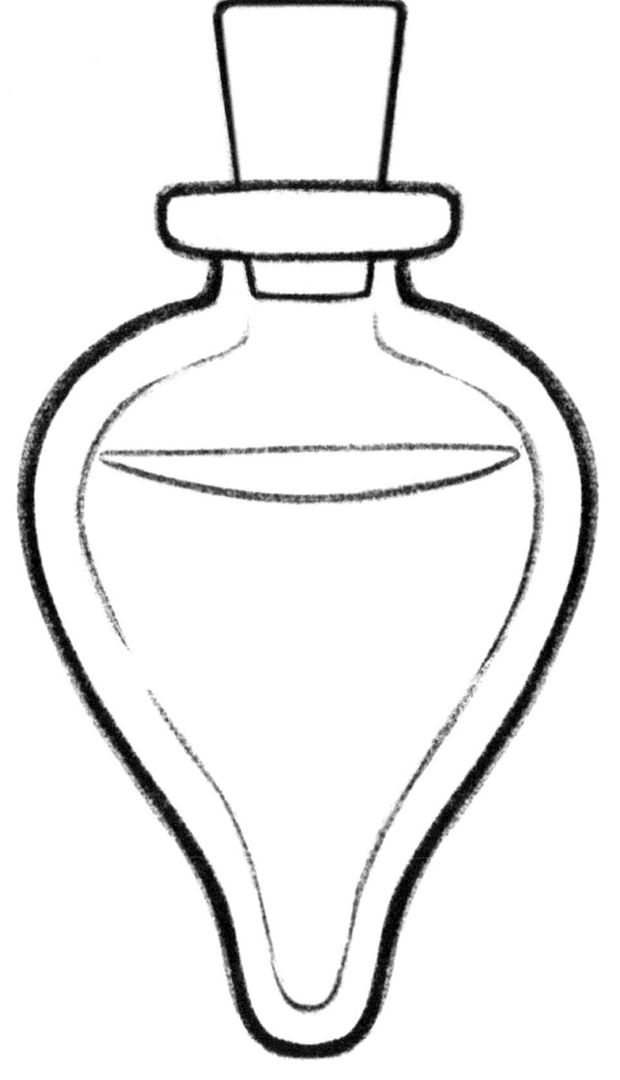

Strength: ________ Dose: ________ Time: ________

Ingredients: ________

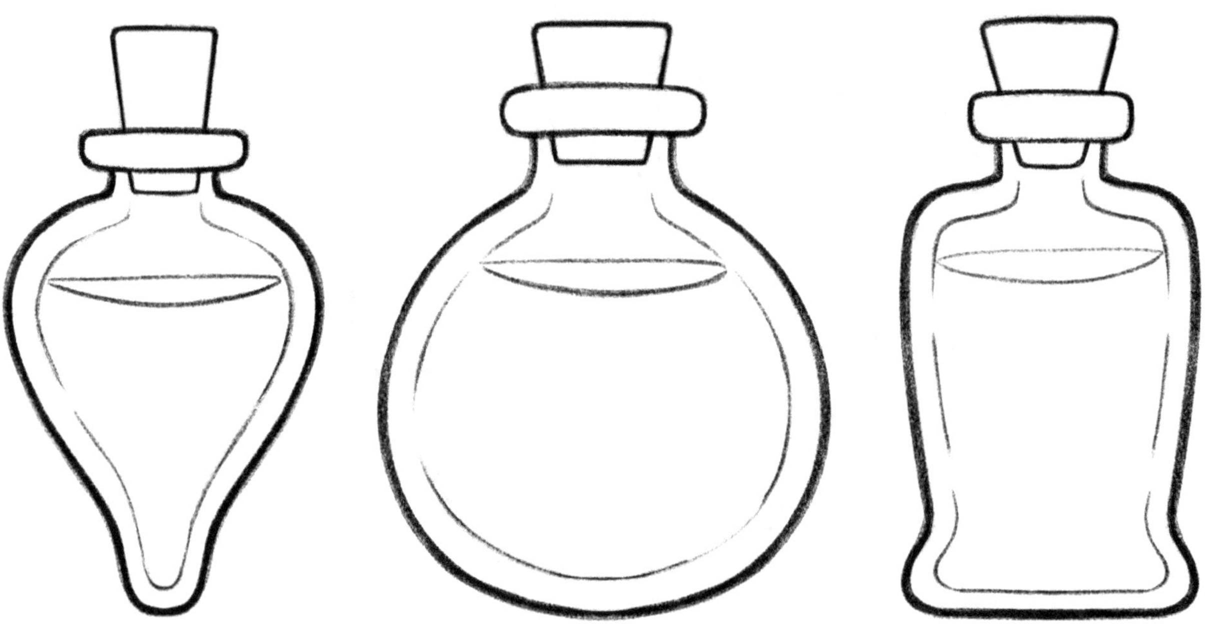

Strength: ________ Dose: ________ Time: ________

Ingredients: ________

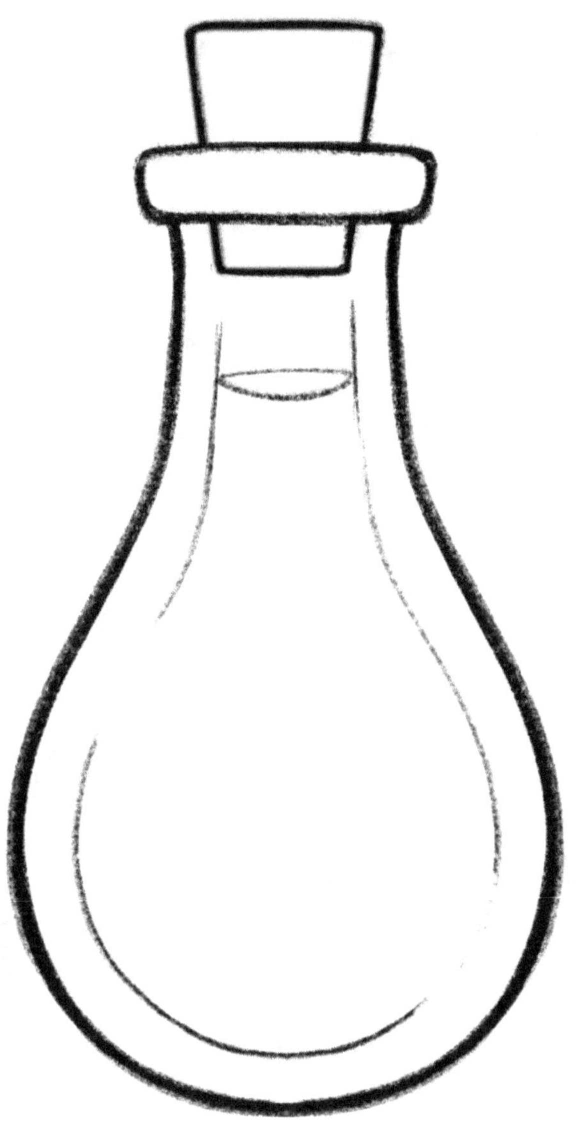

Strength: ________ Dose: ________ Time: ______

Ingredients: ________________________________

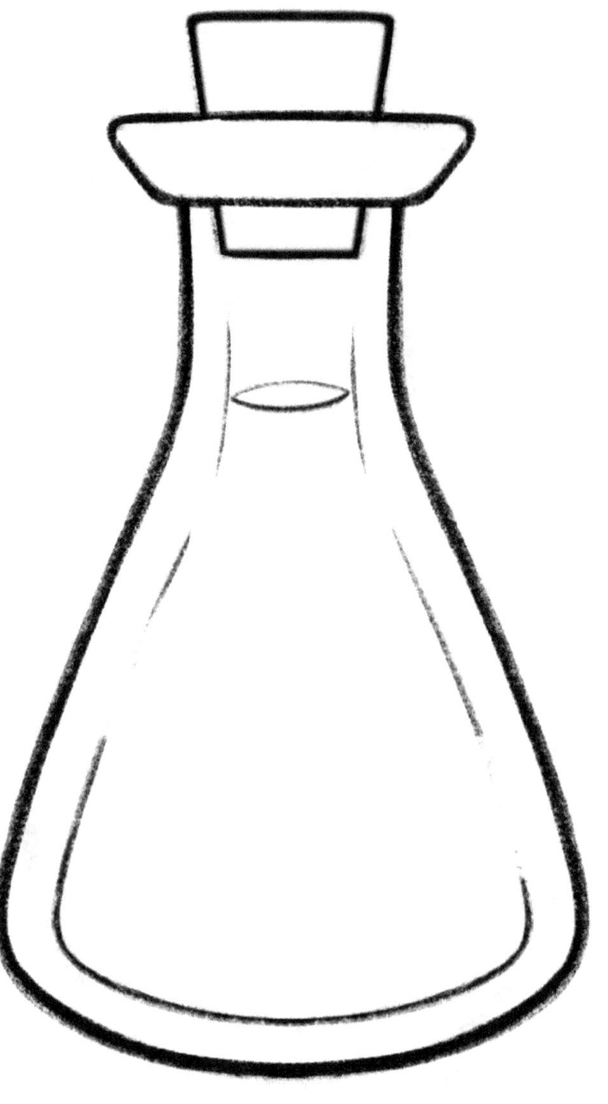

Strength: ________ Dose: ________ Time: ________

Ingredients: ________

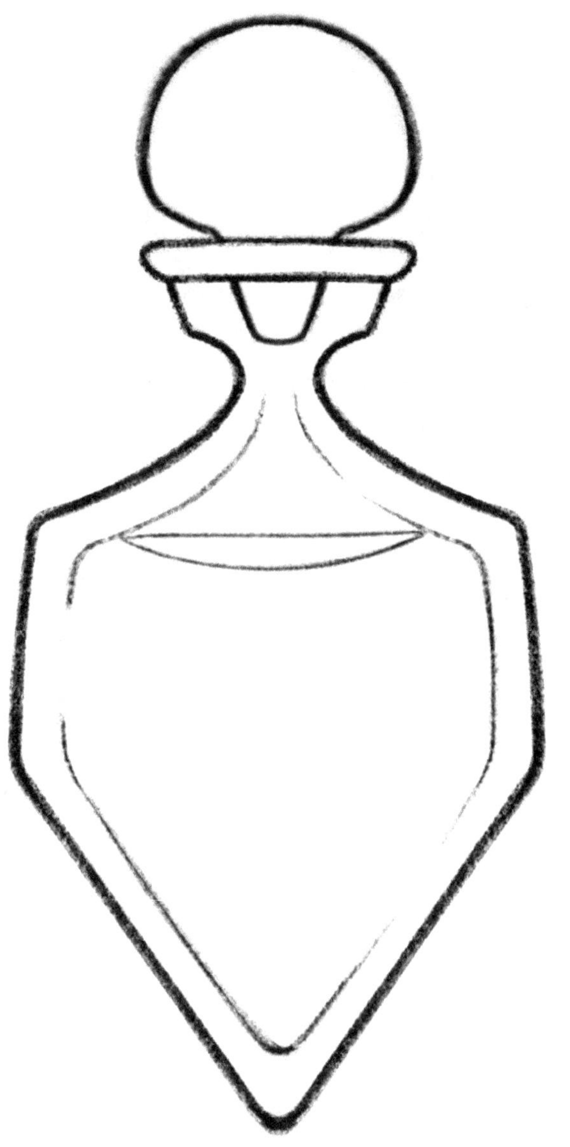

Strength: ________ Dose: ________ Time: ________

Ingredients: ________

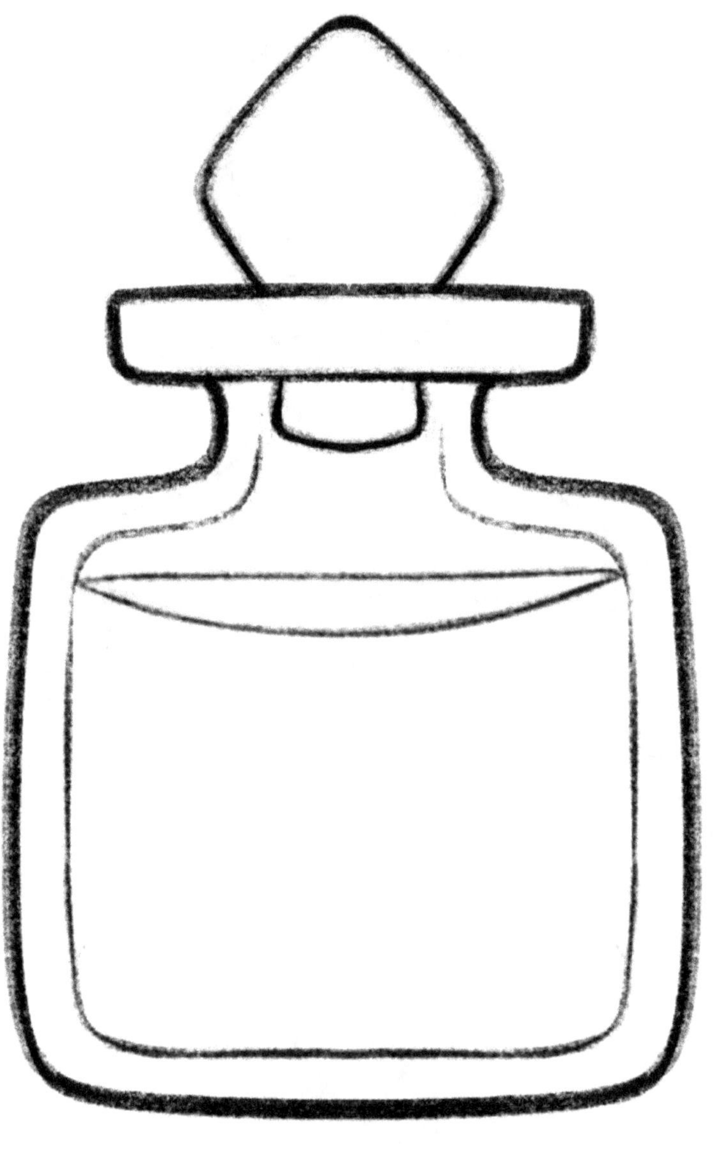

Strength: ________ Dose: ________ Time: ________

Ingredients: ________

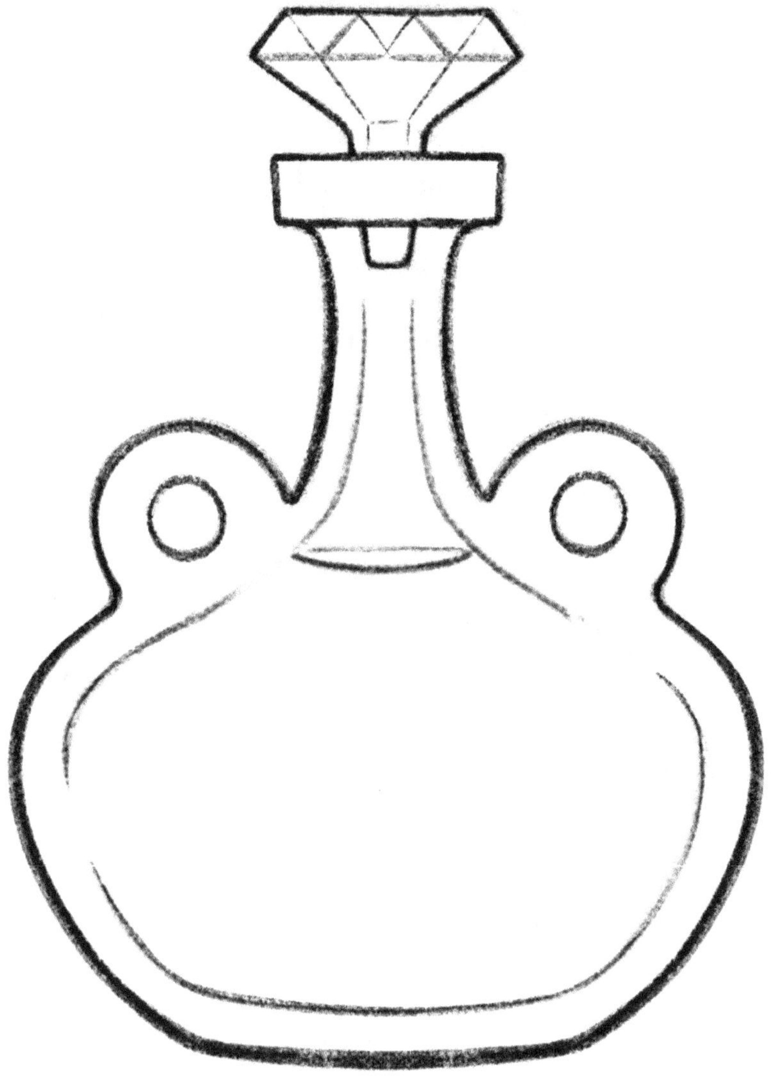

Strength: ________ Dose: ________ Time: ________

Ingredients: ________

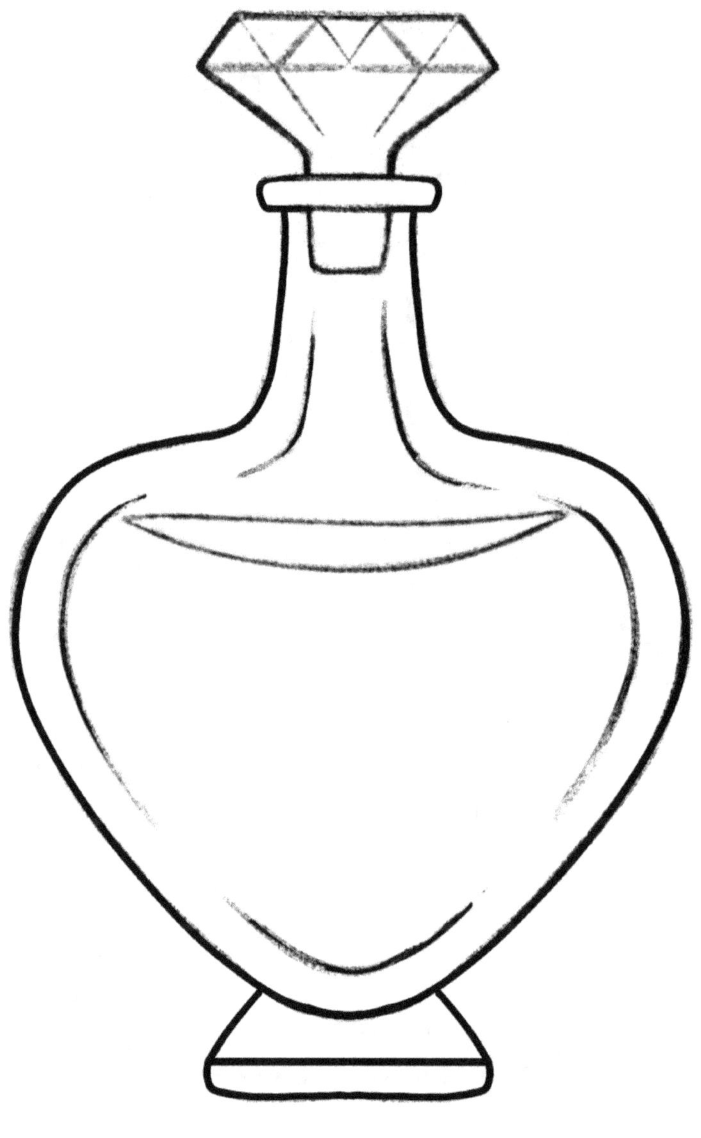

Strength: ________ Dose: __________ Time: ________

Ingredients: ______________________________

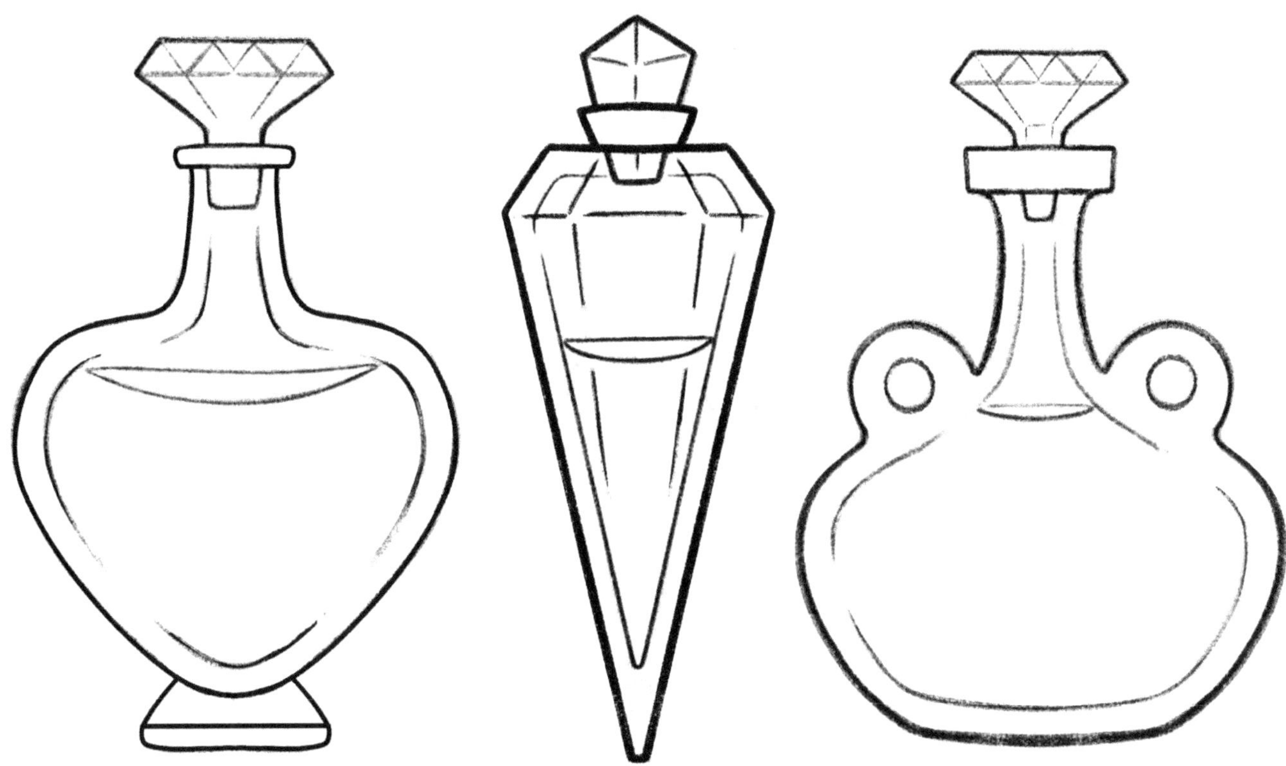

Strength: ________ Dose: ________ Time: ________

Ingredients: ______________________________

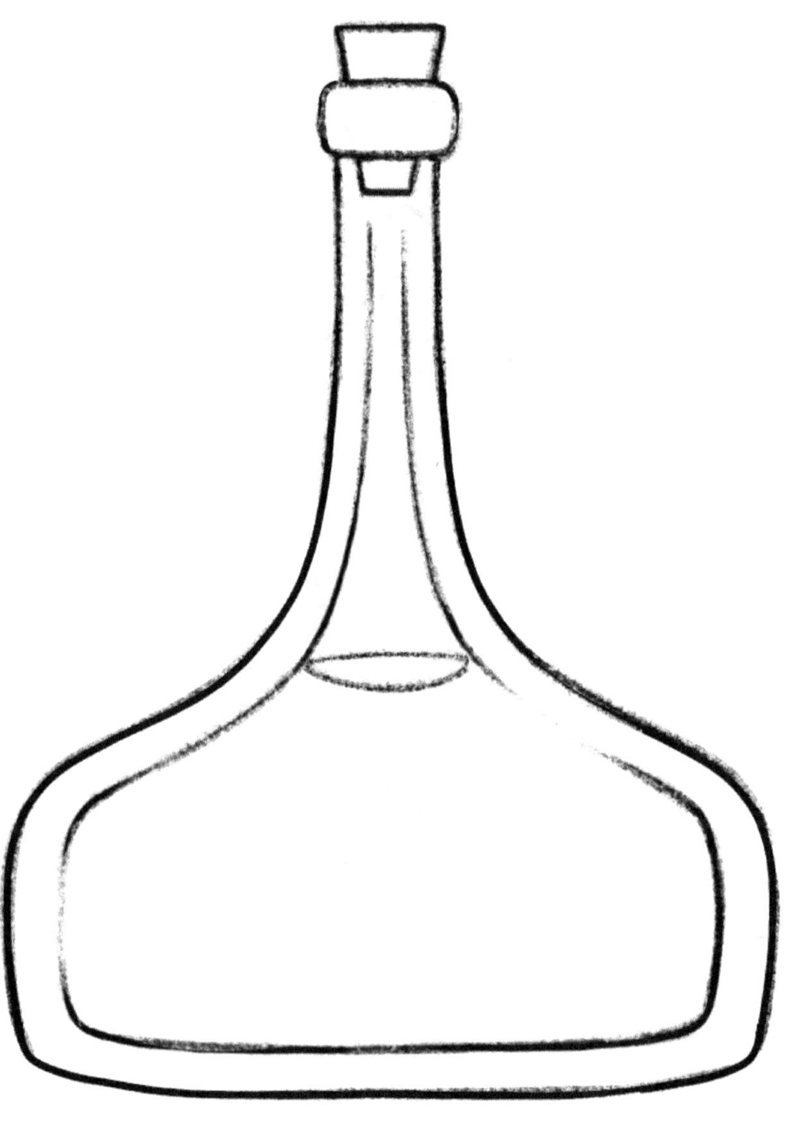

Strength: ________ Dose: ________ Time: ________

Ingredients: ________

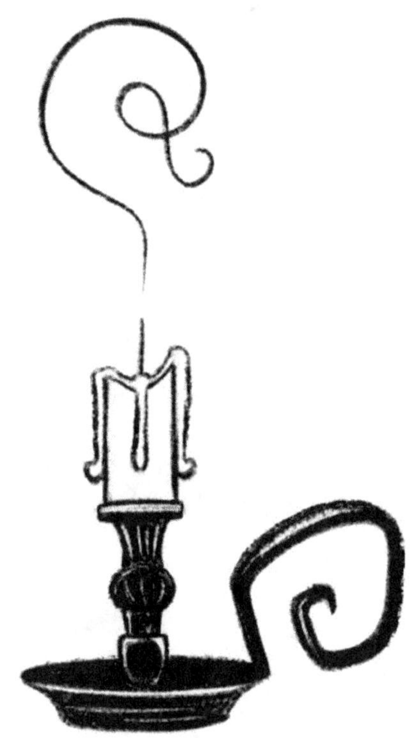

Published by Sketchy Pumpkin Books
Sketchy Pumpkin, LLC

ISBN: 978-1-7350560-5-0

XII
SPELL
BOOK
Moth
Wings

www.ingramcontent.com/pod-product-compliance
Lightning Source LLC
LaVergne TN
LVHW061255100826
845148LV00008B/1129
* 9 7 8 1 7 3 5 0 5 6 0 5 0 *